모여서 다시 쓰는,

서울의 유서

김종철 시인
10주기
추모 시집

모여서 다시 쓰는,

서울의 유서

김종철시인기념사업회 엮음

문학수첩

차례

죽음의 遁走曲
—나는 베트남에 가서 인간의 신음소리를 더 똑똑히 들었다

一曲

벌거벗은 땅이여
그대는 선한 싸움을 다 싸우고
달려갈 길을 다 달렸으며
죽음의 처녀성과
꿈을 찍어내는 자들의
몇 개의 믿음을 지켰을 뿐이다

황폐한 바람이 분다
마른 뼈의
골짜기들이 떼지어 내려온다
그대의 비애 속에
두 마리의 들개가 절망적인 싸움을 한다
마른 메뚜기와 들꿀의 상식
노여움과 어리석음의 두 불꽃

二曲

또 하나의 이별이 나를 가두어 버렸다
떨리는 풀잎 한 장의 비애
중부 베트남의
붉은 사막의 발자국
숨어있는 류머티스와 촛불이 보이고
밤마다 155마일의 비가
바다로부터 왔다
휴전선 철책망의 작은 틈 사이에
하나씩 박혀있는
20년도 더 되는 탐색의 어둠들은
죽은 호주인의 덫이 되고
화란인의 덫이 되고
나는 여러번 둘이 되고 셋이 되고
다시 하나가 되고
나를 넘어가는 것들을 세어보았다
그들이 가지고 온 몇개의 부두
몇통의 유서
몇개의 폐허 속에
떠남은 모든 것을 천천히 돌려주었다
한 알의 과일이 떨어지는 소리와

세상의 제일 아름다운 병을 지닌
바다의 상처까지

  三曲

그날
젊은이들은 모두 떠났다
조국으로부터 어머니로부터 운명으로부터
모두 떠났다
젊은이들의 믿음과 낯선 죽음과
부산 삼부두를 실은 업셔호의 戰艦
수천의 빗방울이 바다를 가라앉히고
어머니는 나를 찾아 헤매었다
갑판에 몰린 전우들 속의 막내를 찾아 하나씩하나씩
다시 또다시 셈하며 울고 있었다
어머니가 늙어 뵈신 것은 이때가 처음이었다
  바람이 분다
  내 어린 밤마다 등불의 심지를 돋우고
  심청전에 귀기울이며 몇번이나
  혀끝을 안타까이 차며 눈물짓던 젊은 어머니
  어머니의 무릎을 베고 누운 어린 나도
  내 살갗에 와 닿는 세상의 슬픔을

영문을 모르고 따라 울었지요

바느질을 아름답게 잘 하시던 어머니는

그 밤따라 유난히도 헛짚어

몇번이나 손가락을 찔렀지요

심청은 울며울며 떠났고

나는 마른 도랑의 돌다리에서 띄운 작은 종이배에

내가 사는 마을 이름을 하나씩 적어 두었어요

그날 몰래몰래 담장을 넘어간 어머니의 울음은

다시 낯선 해일이 되어

어머니의 편한 잠과 내 종이배를 모두 실어가 버렸어요

잠시후면 오오 잠시후면 떠남뿐이다

수많은 기도와 부름이

비와 어머니와 나를 삼켰다

내가 간직하고 온 부두에서는 오래도록

만남의 손이 흔들렸고

나는 먼 바다에서 비로소 눈물을 닦아내었다

눈물 끝에 매달린 어머니와 유년의 바다

배낭 안에 넣어둔 한줌의 흙

그것들의 붉디붉은 혼이

나를 너무나 먼곳으로 불러내었다

四曲

내 몸 속에 흐르는 황색의 피
이방인의 피
총구로 통해 보는 그대의 죽음 앞에
나는 나의 모든 것을 발가벗겨 놓았다
숨긴 것도 덮어둔 것도
나의 모든 위대한 가을날과 만남을 남김없이
나는 그대 앞에 온통 내놓았다
이것이 그대가 나를 모르는 까닭이다
나는 죽음을 겨냥하였다
한번 겨냥한 살육은
그대가 마련한 잔과 바다와
내 자신을 뺏었다
그대는 결코 빈손으로 돌려보내지는 않았다
쓰러진 자와 쓰러뜨린 자들의
쫓기는 꿈들이 같은 길로 떠났다
날마다 우리는 그 둘이 함께 오는 것을
보고 또 보았다
내가 깨어있을 때
그대는 내 침실의 커어튼을 내리고,
위생병 위생병 위생병인 내가

무너진 자들의 어둠을 핀셋으로 끄집어내었을 때
그대는 더 많은 파멸과 비탄을 집어넣었다
바람과 함께 길을 떠난 자들이여
어떤 바람개비가
이 세상의 이방인을 인도해 줄 것 같더냐

　　五曲

꿈길에서도 무기를 지니고 다니는
전장의 꿈
철원에서 한탄강 상류에서
나는 이방인의 부두를 만났고
그들의 농장을 그들의 익숙한 식탁을 만났고
모든 것이 다 젖고 있었다
몇줄의 성경과
돌아오지 않는 바다 사이에서
그들은
　　중년과 노년의 한 시간을 또 뛰어넘었다
　　머리 속의 파편이 더욱 붉어진다
　　사방에서 곡괭이에 찍혀
　　붉은 들판이 넘어진다
　　벌거벗은 잠의 흉부에

어린것들과 어머니의 슬픔이 도달한다
아, 한 장의 잎사귀 속까지 기어드는
땅의 오열
강원도는 여름 동안 비에 씻겨내렸다
죽은 이방인의 맨살이 드러나고
그대의 땅과 동정을 거둬들이는
농부들도 깊게 잠들었다
그대의 空洞은
혼자의 것도 여럿의 것도 아니다
그대는 세상의 저쪽으로
나는 홀로 이쪽으로 돌아누웠다
그대가 다닐 수 있는 길은
아무데도 보이질 않는다

六曲

칸란베이의
다른 꿈 속에서 나는 배를 기다렸다
밤마다 자주자주 마른 상처가 나타나고
순례자의 갈증은 타오르고
한 방울의 물까지 나를 마셔버렸다
내 팔에 안겨 임종한 사내들을 마셔버렸고

내가 헤맨 몇 개의 정글을 마셔버렸고
내가 가지고 온 바다까지 마셔버렸다
나의 껍질은 다 벗겨졌다
열두달의 여름 속에서 제 배를 기다렸다
나를 거두는 날을 기다렸다
나의 벗은 몸들은
서너 병의 조니워커와 피투성이의 진실과 성병과
낯선 죽음의 발자국과 동하이의 흰 햇빛이었다
내가 알고 있는 성북구 상계2동의
아라비아와 구약과 눈물의 굳은 껍질과 충치 하나와
우기의 잠들은
더 많은 모래를 갓 쪽으로 실어날랐다

나를 낳아준 바다여
내 꿈 속에 자주 찾아온 그대는
나의 충치였다
나는 여러번 떠났다
그대를 따라감과 돌아옴은
늘 헛되었고 빈탕이었다
내가 탄 배는 남지나 복판에서 이틀을 움직이지 않았다
하룻날은 단 한번 사랑한 랑의 눈물이 묶어매었고
또 하룻날은

내 팔에 안겨 돌아오지 않는 몇몇 사내들의 죽은 꿈들이
배를 부둥켜안았다
오오, 이제 바람이 불면
또 다른 사내들이 그들의
뛰노는 바다를 두고 올 것이다

　七曲

그날밤 나는
랑의 잠자는 가슴을 만졌다
붉은 모래와 상반신의 밤을
나는 해안까지 실어왔다
내가 가진 다섯개의 폐허
나를 껴안은 어둠의 구석구석을
랑, 잊지 말아다오
정글을 쫓고 상처를 준 나의 가슴에
말라붙은 풀잎의 피
덤불과 가시뿐인 변신의 잠
밤마다 수천의 사내들이 건너온
바다를 안고
우리는 늘 엇갈렸다
그때마다 그대는 비가 되어 드러누웠고

나는 여름 류머티스를 앓았다

八曲

깊고 그윽한 부름이 있어 매일밤 나는 깨어 울었읍니다
〈나의 아들아〉 나는 알고 있읍니다
당신의 마른 구원의 눈썹이
정글 속의 가시보다 모질고 고독한 것을
나는 돌아왔읍니다 내가 가진 여름과 재앙과 말라빠진 광
야를 버리고 다시 막내가 되어 돌아왔읍니다
그래 그래 이제 큰것을 잊었구나 당신의 아픈 한 마디 말
씀 나를 뚫고 산을 뚫고 망우리를 뚫었읍니다 나는 혀가 아
리도록 김치를 씹었읍니다

날마다 하나씩 늘어나는 당신의 죽음을
한 올 머리카락이 시들어가는 죽음 서투른 관절의 죽음 당
신이 키운 한 마리 개의 죽음 캄란베이 어둔 병동에 냉동되
어 있는 몇구의 죽음도 당신의 것입니다
그날 한 방울의 물도 말라버렸고
땡볕의 정글이 모든 것을 거두어갈 때
아오스딩도 칼릴·지브란도 반야바라밀다 심경의 일절도
알몸으로 죽어갈 때

나는 최후의 말을 지껄였습니다 최후의 목마름을
어머니 나는 당신에게 사랑의 빚 이외에는
아무 빚도 지질 않았읍니다

　　九曲

아브라함의 땅도 이미 떠났다
벌거벗은 땅이여
그대의 使徒들은
착한 들판을 잃어버렸다
그대의 유해 속에
새의 땅 물고기의 땅
허깨비의 땅이
갈기갈기 뜯겨 남아있다
오오 땅의 아희들아
너희들의 날에는 아무것도 남아있지 않다
두 개의 허무 사이에
몸을 굽히고
모든 상처에 지친
땅의 노예들,
너희들의 날에는 아무것도 남아있지 않다

—〈詩文學〉73년 3월호

죽음의 둔주곡

이병일

그 밤나무는 아직 썩어 갈 생각을 하지 않는다
털 많은 짐승의 피가 없었다면
그림자가 없었을 그 밤나무
쐐기벌레같이 봄이 흘러내리지 않게 몸을 여몄다

그런데 백 년 만에 옹이보다 밝은 구멍이 뚫렸다
백한 번째 밤꽃이 오고
초록 뱀 눈보다 검은 벌 떼 소리가 오고
하물며 꽃상여 하나가 와서
제 발등에 무덤 하나 놓고 갈 무렵
밤나무 속엔 날개가 할퀴고 간 노래가 가득하였다
줄줄 새는 노래, 숨을 불어 가면서 공중제비를 돌았다

두 번 다시 생길 리가 없는 죽음,
불한당 심장이 집어 먹자 꽃 무더기만 더 악랄해진다
오늘은 헬리콥터가 첩첩산중을 짓누르고 날아간다
모든 것이 까뒤집어졌으나

저 옹이구멍만 뒤로 젖혀지지는 않았다
까마득한 저곳으로
곰 발바닥 얼굴을 한 남자가
침을 뱉고 오줌을 싸고 밤나무를 타기 시작한다
검은 숨소리와 겹겹 주름진 방을 꺼내면
척추동물의 화색이 구겨졌다 펴질 것만 같다
본의 아니게 죽음의 둔주곡을 종교로 믿는 밤나무,
웅덩이 달에 목까지 잠겼으나 그저 우뚝 솟아 있다

베트남의 七行詩

〈其一〉

우리가 가져온 바다 하나가
벌써 메말라 버렸다
마른 풀의 비애
눈물의 끝의 작은 부분
마른 모래의 햇빛이
많은 것을 거두어갔다
그대의 피와 그대의 뼈마디의 말을

〈其二〉

어두워지면 조국에 긴 편지를 쓴다
「라스트·서머」를 나직이 부르며
비애의 무거운 배를 끌어올린다
병든 숲과 항생제의 여름
키스와 매음과 눈물의 잎사귀로 가린

수진 마을이
우리들 머리속에서 심한 植物病을 앓는다

〈其三〉

한포기의 볼모도, 작은 거짓의 죽음까지도
가장 인간적인 것으로 택하게 하라
가늠구멍에 알맞게 들어와 떨고 있는
낯선 운명과 숲과 소나기와 진흙
그대의 잔과 접시에 고인 정신의 피
만남과 만남 사이에 죽음의 아이들은
서너 마리의 들개를 몰고 내려온다.

—〈한국일보〉 71년 8월 31일

지구본에서 지구가 빠져나왔다
본(本)은 쓸모를 잃고 어디로 가야 할지 몰라 방황했다

2024년에도 지구의 몸 안에선
화약 냄새가 진동했고
비명과 절규가 흘러넘쳤다

각자만의 정의가 깃발을 꽂고
살육을 정당화했고
23.5도 기울기를 가졌던 지구는
눈치를 보지 않고
힘 있는 자에게로 기울었다

과학자들은 난감했다
우주 어느 곳에서도
이렇게 피비린내 나는 행성을 찾을 수 없었다

인류학자들은 문명의 진화를
문명의 퇴화라고 기록했고,

역사학자들은 패턴과 주기가 갖는
병목현상이라고 진단했다

본(本)은 절규했다
사상과 정치와 종교와 경제를 뛰어넘으려는 자신을 자책하며
지구 곳곳에 전쟁 기념관을 찾아다녔다

과거를 과거로만 봉인한 기념관들이 즐비했고
참사에 무감각해진 사람들이 웃으며 관람을 하고 있었다

마지막으로 본(本)은
살육이 넘쳐 났던 한반도를 거쳐
베트남 하노이 전쟁 기념관에 도착했다

전쟁에 참전한 시인이
녹슨 무기를 부여잡고 울고 있었다
나는 베트남에 가서 인간의 신음 소리를 더 똑똑히 들었다[*]
구절이 참회처럼 건물을 감싼 채 돌고 돌았다

그 순간 붉은 눈물
뜨겁게 살아 있는 눈물이
본(本)에게 스며들었다

본(本)은 멀리 달아난 지구를 찾아서 떠났다
한 번 더 믿음과 중심을 실천했다

---

* 〈죽음의 遁走曲〉에서 인용

닥터·밀러에게

꿈속에서도
나는 위생병이었어요.
내 품에서 실려나간 사내들의 죽음이
돌아오고 다시 돌아오고……
생전의 사내들이 문을 잠그고
지키는 것은 사랑과 믿음뿐이었다는 것도,
오늘 나는 늦은 종로를 걷다가
캄란灣에 냉동되어 있는 그 사내를
여럿 만났어요.
서울의 극심한 언어의 공황과 매연이
사내들이 안고 온 들판을 시들게 하고
사내들은 자주자주 길을 잃어요.
오오, 아들의 비보를 들은 아홉 명의 어머니들은
밤새도록 마디 굵은 안케 계곡을 끌어올리고
매일밤 몰래 몇 사내들이
난공의 곡괭이를 들고 무너진 폐갱 속으로 내려가고 있어요.

25

닥터 밀러에게

황수아

감정이 해체되어 하나의 낯선 단어로 남은 사건은
천천히 사실이 되었다

닥터 밀러
이제는 먼 곳의 얘기가 됐지만
그때의 기억을 조금씩 떠올려 보자

그날 난 당신이 건네는 생강 쿠키를 받아 들고
전자레인지에 우유를 데웠다
내가 앉을 가죽 소파는 기울어지기 시작했다
지나치게 신중한 방식으로

소파에 앉은 나는 설명할 수 없음을 설명해야 했다
감정이 사라지며 동결된 건조 쿠키를 베어 물고
따뜻한 우유를 마셔도 끝내 녹지 않는 하나의 단어를 뱉었다
소파는 세렝게티를 힘차게 달리던 물소의 방향으로 기울어지고
등을 받쳐 주는 부드러운 가죽 위로 수천 개의 기억이 흘러들

었지만

닥터 밀러

당신은 나의 감정이 우울을 닮았다고 속단하지 않았다

그러나 우리는 분명 어두운 방향으로 걷고 있었다

생각은 뭉개졌고 그것은 사실상

삼투압 현상 같은 짙은 압력의 우울이었다

당신은 딸기 향이 나는 마호가니 책상에 앉아

만년필에 붉은 잉크를 찍었다

그러는 동안 또 다른 생강 쿠키가 구워지고

한 잔의 우유가 데워지고

누군가의 감정은 번지고 망설이다 희미해지고

당신의 종이에는 이렇게 쓰여 있었다

죄송합니다 저는 설명을 할 수가 없습니다

죽은 산에 관한 散文

어머니 나는 큰 산을 마주하면 옛날 당신을 안고 쓰러진 죽은 산과 마주하고 싶어요. 그날 어린 잠의 살점까지 빼앗아 달아난 이 땅의 슬픔을 어머니는 어디까지 쫓아갔나 알고 있어요. 굵은 비가 뒤뜰 대나무 숲을 후둑후둑 덮어 버릴 때 나는 가슴이 뛰어 어머니 품에 매달렸어요.

대나무의 작은 속잎까지 우수수 어머니 앞섶에서 떨리는 것을 보았어요. 잇달아 따발총소리가 숭숭 큰 산을 뚫고 어머니의 空洞에 와 박혔어요. 해가 지면 마을 사람은 발자국을 지우고 땅에서 울부짖는 死神의 꿈틀거리는 소리에 선잠을 이루었지요.

어머니, 아무도 이 마을의 피를 덮지 못하는 까닭을 말해 주어요. 유년의 책갈피에 끼워둔 몇닢의 댓잎사귀에 아직 그날의 빗방울이 후둑후둑 맺혀 있어요.

유난히도 쩌릉쩌릉 산이 울던 그해에는 비가 잦았다.

총을 가진 한떼의 사나이들이 어머니를 앞세우고 가던 밤이다.

나는 어머니 등에 업힌 채 더욱 빨리빨리 걸었다.

발가벗겨진 시커먼 산들은 어머니 등에 업혀 따라왔다.

괭이도 낫도 한번 닿지 않은 황량한 땅에서 사나이들은 두려운 기도와 몇구의 죽음을 묻었다.

큰아들과 지아비를 잃은 당신의 몇 마지기 빈들은 멀리서 기울어져 가고, 나와 몇번 마주치고 있는 불모의 들판은 그 후 당신의 持病보다 오래 당신의 것이 되었다.

어머니 말해 보셔요. 당신은 큰산의 목소리를 찾아 헤매었어요. 그 목소리는 많은 산을 데불고 나를 끌어 주었어요.

그러나 아무데도 데려다 주지는 안했어요. 당신의 슬픔보다 처참하게 드러난 대나무숲의 밑둥, 나는 이제 어머니의 큰 목소리 하나뿐이어요. 당신은 무엇으로 이 땅의 비극을 마지막 말로 삼게 하였나요. 아무도 이 땅을 빈손으로 돌려보내지는 않았어요. 어머니, 아무도 이 마을의 피를 덮지 못하는 까닭을 말해 주어요.

—〈心象〉74년 1월호

죽은 산에 관한 산문

아직까지 단 한 번도 그 산의 손을 잡아 보지 못했어요 그 산을 안아 준 일도 없어요 당신이 가신 후 수많은 구릉들을 안기도 하고 품기도 하고 쓰다듬기도 했지요 당신 그림자는 어둠에 취해서 어린나무들을 앉혀 놓고, 진실로, 대지를 뒤덮은 먹구름에 대하여 붉은 완장에 대하여 우렁우렁 말씀하셨지만 어떻게 그 어린것들이 알아듣겠어요 자울며 졸며 벌 받는 기분으로 어린것들은 기울기만 했지요 술에 취하는 이유는 늘 어느 친일 장교의 이력과 쿠데타에 대한 것이었지만 어린나무에게는 취한 산이 돌아앉은 어둠의 외투보다 더 깊었어요 환한 낮에 보고 듣던 암암리의 역설된 정부의 구설을 견디며 침묵하다가 술의 힘을 빌어야만 했던 산울림들을 산이 산으로 들어간 후에 알게 되었지만 어쩌겠어요 너무 어려서 산에 대한 경계심만 망초 뿌리처럼 번졌지요

왜 하필 월급봉투를 들고 술집에 가셨어요 하필 왜 그날 술에 취하셨어요 그날 하필이면 그 술집에 들러서 돈을 뿌렸어요 산이 하는 말을 알아듣지 못하는 것들이 밤새 산을 끌고 깊은 골짜

기에 데려가 산의 뿌리에 대하여 자백하라고 강요했다지요 산
의 배후는 당연히 산이지만 산 그리메의 그 어딘가를 정처 없이
자백하라는 그 무서운 겁박과 고문에 대해서는 단 한 번도 발설
하지 못한 채 그 고초를 다 떠안고 더 깊은 공동(空洞)*으로 가셨
어요

   아버지의 행적에 붉은 줄이 그어진 후 어린것들은 세상을 속
이기로 했어요 아무 일도 없었던 것처럼 황토 먼지 뒤집어쓰면
서 걸어갔던 구이저수지**의 울퉁불퉁한 길들에 대하여, 아무
말도 못 하시는 그 산의 무거운 입술에 대하여, 탄원서를 써 올
렸던 법원의 기록 문서들의 행방에 대하여 깊이 문을 닫았어요
대한민국의 성실한 아버지요 산이요 국민이었다는 것을 어린 사
시나무가 어떻게 다 알겠어요 마왕의 세상과 권력이 무서웠지만
웃기만 하는 명랑 소녀였을 뿐, 말할 수 없는 것들과 부끄러워해
야 했던 일들, 지금은 죽어 버린 산에 대한 내력을 이렇게 타자
라도 치잖아요 세월 참 좋아졌어요 죽은 산이 되어 돌아가기까
지 집에 가고 싶다는 말, 안가에 끌려가면서 여기가 우리 집이
요 해도 그 집을 지나쳐 가야 했던 공포에 대하여 이제는 말해도
되는 세상, 그 어린것들은 모르는 척 정말 모르기도 했던 영원히
모르고 죽은 산에 대하여 이제 와서 무어라 말할 수도 없는 것들
에 대하여

산은 산이요

그런 세상은 그대로 산에 들어가 버려서 모르는 산

산은 산이지요, 아버지

---

*　공동(空洞) : 김종철 시인의 시에서 빌려 옴
**　구이저수지 : 구이교도소 가는 길

소품

　간밤꿈속에어머니와몇그루나무를보았지요내가어머니를
뵈오려간것인지어머니와몇그루나무가수천리걸어내꿈속
에드는것인지알수없어요생시떠나와있으면어머니와나는
늘하나가되었고해후를하면우리는다시각각이되었지요어
머니와나는분명히꿈속에속하지않으면서또한꿈속의만남
을여의지않았어요있음과없음이서로넘나들동안잠도둑이
사는곳은무섭게헐벗어버렸어요꿈꾸는자를나라고한다면
깨어서어머니를맞이하는자는누구일까요나의병은나누면
하나이고합하면둘로되어요

소품

석미화

―당신, 다정큼나무꽃

꿈속은 수심이 없어요
어머니 당신은 수천 년 전 사람

어젯밤에는 나쁜 꿈을 꾸었어요
조심할 세상이 없어졌어요

나는 비탈을 오르락내리락하다가
가랑비에 미끄러졌어요 다정큼나무꽃이 피었어요
미끄러진 몸이 절벽에 걸쳐졌지요

북쪽을 향한 위중한
해안선을 돌며 건너지 못한 말들 만들어 놓았으니

바위에 세 번 꺾인
발밑의 검은 눈물 끌어당기면

어머니 이 꿈은 언제 깰 수 있나요

내 방이 바닷물 속에 가라앉고 종이책이 젖어
당신의 치맛자락 잡을 수가 없어요

절벽과 파도가 어머니를 부르고

저 높이,
돌과 물이 섞여 다른 몸이 된 당신, 망모석이라고 부를까요 불
러도 될까요

어머니 거기 계시나요

病

　어느날 밤 눈을 뜨니까 죽음의 마을에 와 있었다. 나는 비로소 몇년간 어머니와 책과 집을 떠나와 있음을 알았다. 낯선 땅의 敵과 붉은 안개와 더불어 다녔던 나의 벗은 몸은 모래와 물뿐이었다. 나는 내가 지켜야 하고 건너야 할 모래와 물이 너무나 많음을 알았다. 날마다 내 몸밖에서 눈물과 땀과 정액과 피를 하나씩 날라온 家僕들이 나를 너무 멀리 갈라놓았다. 내 속에 멀어지고 성겨져 있는 모래와 물을 한참이나 뛰어 건너도 나는 한 방울의 물과 한 알의 모래도 벗어나지 못했다. 한 알의 모래를 건너려니 이승의 수천리 밖까지 당도해 있고, 울며 되돌아와 있으니 내 잠의 눈썹 밑에 성큼 내려앉는 오, 病이여.

—〈풀과별〉 73년 8월호

병

오성인

분리수거함을 가득 채우고 있는
빈 병들을 버리러 문을 나선다

분명 아무것도 남아 있지 않은데

거센 바람을 만나면 맥을 추지 못하고
날아가 버리는 병, 버릴 때 깨지지 않게
조심해야 하는 병, 아무리 내동댕이치고
밟아도 찌그러질 뿐인 병, 뚜껑을 잃고서
밤새 탄식을 그치지 않는

각각의 병들이 서로를 밀어내고 혹은
맞물리기도 하는 수거함이 묵직하다

속이 훤히 들여다보이거나 색이 짙고
깊어서 도무지 속을 알 수 없는

병 때문에 병의 내용물로 인해

원인 모르는 병에 시달렸던 적이 있었고
시간 가는 줄도 모르고 누군가의 늦은
고백을 들으면서 밑바닥에 구멍이라도 난 듯

식은땀을 흘리고 넋이 나가기도 했는데

별것 아닌 충격에도 쉽게 금이 가고
찌그러지기 일쑤인 나는 병을 버림으로써
병으로부터 벗어날 수 있을까

팬데믹은 끝났다는데

일주일 동안 앓았던 병들을 차례로 버리는 나를
길고양이가 죽음 같은 눈동자로 바라본다

죽은 사람들과 폐허의 도시를 둘러멘
개미와 초파리들이 옹관* 같은 병의 안과 밖을
분주히 들락거린다

분리수거를 마쳐도 병이 사라지지 않는다

---

* 독무덤. 독(항아리)을 주검을 안치하는 관으로 쓰는 무덤양식. 한 개의 독을 단독으로
   사용하기도 하고, 둘 이상을 연결해 쓰기도 한다.

흑석동에서

흑석동의 대낮의 빈들은 아무도 볼 수 없다

한강은 서울의 치부를 닦으며

흑석동과 함께 날마다 흘러가고 떨어지고 떠내려간다

늙고 절뚝이는 도시의 뼈마디와

괴로와하는 자의 괴로운 술잔이

멀리서 둥둥 떠내려온다

흑석동이 안고 있는 밤은

臨時列車만이 안다

날마다 이 마을로 실려오는 이삿짐과 이삿짐과 이삿짐과……

우리가 한강을 피하고, 버리는 어둠이 오면

흑석동의 버림받음, 흑석동의 허무, 흑석동의 무능,

흑석동의 침묵, 흑석동은 하나의 커다란 입이다

마지막까지 타고 온 84번 좌석버스 종점의 靜寂,

머리를 숙이고 흩어지는 22시16분12초의

일어서지 않는 흑석동이 서쪽으로 깊게 기울고 있다.

—〈韓國文學〉 74년 12월호

흑석동에서

조미희

검은 돌 마을
가난을 숨기기 좋은 곳
풀어놓아도 누추하지 않은 곳

인생이 새까만 사내가 흘러들어
매일 소주 일곱 병을 마시다 실려 가 돌아오지 않는
언덕배기 위
대머리 영감의 문간방엔
길 잃은 하현달이 숨어들었지

달빛 아래 꽃이 피고 비가 내리고
눈이 오는 겨울
사락사락 짐승 털 흔들리는 소리
나무들 서로 끌어안고 몸 녹이는 소리
고요가 슬그머니 놓고 갔지

헐거운 살림을 몰래 말리는 밤이 가닿은 새벽

아이가 찾아오고
슬며시 봉창 안으로 꼼지락거리는 손가락처럼
통통한 햇살이 장난질을 치고

흔들리는 거미집 사이로
사방 무늬로 덤벼드는 바람을 걸러 내며
아침이 돌아온다는 건 얼마나 아름다운가
멀리 한강의 얼음이 아지랑이에 놀라
물 깊은 곳으로 사라질 즈음
꽃봉오리들이 허공에 발길질해대는
검은 돌 마을,
환장하게 예뻤지

우리의 한강

내가 알고 있는 한강은 서울의 저녁이다.

빈궁의 이삭 까마귀떼의 이삭

저녁 술집에서 되찾는 언어의 이삭

끝없는 참음과 견딤의 이삭

이삭 이삭 이삭 이삭의 눈물껍질

완행열차 차창에 달겨붙어 있는 교각의 엇물린 꿈만이

매일매일 한강을 열세번이나 건너다니고

물을 떠난 한강은

아아, 어디에서나 젖는다

서울의 상반신을 묶은 越冬의 겨울짚과 八道의 사투리가

뒤섞여 떠다니는

겨울의 빈 술잔 부딪는 소리만 한강 밖에서 들리고

더러운 눈물을 받아들이기 위하여

우리의 한강은 어디에서나 젖는다

—〈한국일보〉 74년 12월 12일

우리의 한강

이병철

―탄천합수부에서 석양 감상

죽음에 대해 말하자. 어떻게 죽고 싶은지.

나는 수마트라정글에서 호랑이에게 물려 죽을 생각이야. 우주
선 밖으로 튕겨져 나와 끝없는 어둠 속에서 헤매다 죽는 것도 괜
찮아. 우주에는 공기가 없으니 썩지도 않겠지. 평범하게 늙거나
병들어 죽는다면 화장한 분골을 떡밥에 개어 여기 강물에 던져
주면 좋겠어.

겨울에 태어난 당신은 얼음에 갇혀 죽고 싶다 했지. 물의 결정
들이 음각으로 새겨진 투명한 무덤 속에서 보라색 입술을 반쯤
연 채로. 얼음이 녹으면 살과 뼈까지 같이 녹아 하늘과 바다 사
이로 흘러가고 싶다고.

저길 봐, 붉게 물든 청담대교가 엄숙한 장례미사처럼 빛나고
있어. 나는 조금 우는지도 몰라. 지금 막 누군가 죽었거든. 검은
물이 금빛 여울로 흘러드는 합수부처럼 석양은 미래의 죽음이
오늘 우리에게 보낸 시식용 죽음이야. 우리를 추모하는 머나먼

저녁이 이마 위에 먼저 엎드리고 있잖아.

네 개의 착란

1

한번 태어났을 뿐인 나는 풀잎과 소나기의 세포
내 혈관을 따라 도는 단 하룻날의 도적과 들판과 살육
내 눈 속에 돋아나는 영하 7도의 바다와 나무뿌리의 동상
내 혀 속에 쌓여지는 거짓의 보석
내 흉부의 시간 속에서 날마다 걸어 나오는
사막의 시뻘겋고 무뚝뚝한 어둠

2

저녁마다 마을 가까이 오던 붉은 江 하나가
물도 없이 만나고 돌아선다
허수아비와 乾草더미와 몇 개의 文章만이
고삐를 들고 이 도시의 저녁을 데리러 온다
슬픔과 불모와 모욕의 불빛을 모아
밤마다 새로이 갖는 도시의 육체

내 젊음과 육체를 붙든 병든 땅

3

황량한 들이 비를 실어나른다
수천의 모래알의 발자국을 지우며 달아나는 달빛과도 만
나고
한 잔의 斷食과 한 그루의 불면증에 살을 섞는다
내 일생의 오십관의 負債를 섞는다

4

산그늘의 커다란 손바닥이
풀잎 한 장을 접는 까닭을
이 마을의 젊은이는 모른다
집떠난 아들은
어머니의 저문 아궁이에서 탁탁 튀겨 오르는
참나무 불꽃 소리를 모른다
허깨비에 세 번 큰기침을 하는
어머니의 속마음을 모른다
도시에서는 누구도 어머니를 갖지 못한다

―〈文學思想〉 74년 12월호

네 개의 착란

배수연

반성은 반성하다 죽어 간다
너희에게 평화를 두고 가며 내 평화를 주노라*

이제 너와 내게 네 개의 좌표가 남았다

년 월 일 시
동 서 남 북
춘 하 추 동
생 노 병 사
흥 망 성 쇠
멍 멍 야 옹

너와 내가 그렇듯이
년 월은 일 시와
동은 서와 남은 북과
생은 노와 병은 사와
흥과 망, 성과 쇠

멍멍이와 야옹이는

서로 미워한다 오늘도 싸우고
반성 없이 죽어 가며

손바닥을 펴 본다
누가 그려 놓은 길이지?

도화지에
눈 코 입 귀

동그라미를 빼먹어서

누구 얼굴인지 모르고
멋대로 떠다닌다

* 요한 14:27

서울의 遺書

서울은 肺를 앓고 있다
도착증의 언어들은
곳곳에서 서울의 口腔을 물들이고
완성되지 못한 소시민의
벌판들이 시름시름 앓아 누웠다
눈물과 비탄의 금속성들은
더욱 두꺼워 가고
병든 시간의 잎들 위에
가난한 집들이 서고 허물어지고
오오 집집의 믿음의 우물물은
바짝바짝 메마르고
우리는 단순한 갈증과
몇개의 죽음의 열쇠를 지니고 다녔다
날마다 죽어서 다시 살아나는
양심의 밑둥을 찍어 넘기고
헐벗은 꿈의 알맹이와
약간의 물을 구하기 위하여

우리는 밤마다 죽음의 깊은 지하수를
매일매일 조금씩 길어 올렸다
절망의 삽과 곡괭이에 묻힌
우리들의 시대정신에서 흐르는 피
몇장의 지폐에 시달린 소시민의 운명들은
탄식의 밤을 너무나 많이 싣고 갔다
오오 벌거숭이 거리에
병들은 개들이 어슬렁거리고

새벽 두시에 달아난 개인의 밤과
십년간 돌아오지 않은 오딧세우스의 바다가
古書店의 활자 속에 비끌어매이고
스스로 주리고 목마른 자유를
우리들의 일생의 도둑들은 다투어 훔쳐 갔다
아무것도 남지 않은 죽음의 눈들은
집집의 늑골 위에서 숨죽이며 기다리고
콘크리트 뼈대의 거칠거칠한 통증들은
퇴폐한 市街의 전신을 들썩이고
오염의 찌꺼기에 뒤덮인
오딧세우스의 청동의 바다는
몸살로 쩔쩔 끓어 올랐다
그때마다 쓰라린 고통의 서까래는

제풀에 풀석풀석 내려앉고
우리가 앓는 性病 중의 하나가
송두리째 뽑혀 나갔다
어디서나 단순한 목마름과
죽음의 열쇠들은 쩔렁거리고
세균으로 폐를 앓는 서울은
매일 불편한 언어의 관절염으로 절뚝이며
우리들 소시민의 가슴에 들어 와 몸을 떨었다.

—〈現代詩學〉 70년 8월호

서울의 유서

김병호

꿈에 당신이 나왔습니다
당신은 바닥에 떨어진 날개를 주워 저에게 주었고
저는 그것을 거푸집에 넣었습니다
주고받은 이 마음의 이름을 정하진 못했지만
녹슬고 가난한 마음은 점진적으로 여름에 가닿습니다

다녀왔습니다, 인사를 하면 그 마음을 벗어날 수 있을 것 같았
습니다
검게 그을린 걸음으로 여름에 가고 싶었습니다

여름은 꿈과 다르지 않아서
사는 일이 모두 빛바랜 일이라고 당신은 속삭입니다

새벽부터 시작된 게릴라성 호우가 당신을 지웁니다
아침 담배와 아침 우유는 아침을 우울하게 합니다
날씨 탓만은 아닙니다

병들은 개들이 어슬렁거리고*
시인은 돼지촌의 당당한 돼지가 되겠다 하고
노회한 평론가는 팔짱을 끼고 정치를 합니다

모두에게 좋은 시간은 없습니다
그래서 서울은 한통속입니다

당신의 서울은 오늘도 수상합니다
한 치의 의심과 주저를 거부합니다
뒷걸음질 칠수록 속수무책 덤벼들던 신기루의 수렁을 당신은
기억합니까?

밤마다 등고선이 지워지는 서울
당신이 버린 마음을 모아 구릉을 만들다
여전히 꿈속의 저는 잠시 멈추었다 다시 울기도 합니다

지나가는 마음이어야 할지
시작하는 마음이어야 할지
망설이는 사이
거푸집에서 종소리가 들립니다
저는 아직 새가 되는 마음을 알지 못합니다

---

*   김종철 시인의 〈서울의 유서〉에서 인용함

서울의 不姙

낙태 수술을 하였다
천번 저주하고 또 저주하고 기쁨을 맞이했던
벌거숭이의 황야
저는 말예요, 사랑을 팔아서 살아가는 여자예요
밀림과 사막의 부르짖음
금요일밤의 예배
오, 이별 이별 이별 외에는 다른 힘이 살지 않는
말의 빗방울들
내가 만난 조르주 상드의 變身의 씨앗을 긁어내었다
사정없이 찢어발긴 하룻밤의 뿌리
서울 승냥이의 소리를 모아 우는 그대의 눈물은
빈 터널처럼 깊고 고독하구나
그대의 마른 아픔은
서울의 전부에 말뚝을 박고
나는 그대의 가랑이에 숨겨 놓았던
産苦의 아이가 된다
오, 서울은 그대를 낳고 다시 고쳐

낳고 또 열 번이나 죽였다.

—〈중앙일보〉 73년 5월 30일

서울의 불임

김윤이

아이쇼핑하는 눈동자도 잠깐 덩달아 빛난다

비건 레더를 유난스레 광고하는 여성 백 쇼핑몰

비건 레더는 마치 친환경 동물보호 문구 같다 쇼핑으로 신인류 지구 보호자 탄생이다

참말 재밌다 실제로는 레자(vinyl)나 합성피혁이나 비건 레더나 같은 것

레자는 왠지 죄짓는 환경파괴, 합성피혁은 눈치 보며 산 인조짝퉁, 비건 레더는 동물보호 제품 같은, 이놈의 마술,

까발려라, 감출 것이 없이 속이 겉이다

살생은 싫고, 식감은 좋고, 촉감은 좋고, 살생은 싫고,

유행은 참말로 정신 분산이다 이만한 정신 산만*도 없다

이토록 변함없으니 21세기 사유도 19세기와 같다

비건 레더도 레자도 합피도 단번에 죽 그어 찢어지는데

뭔 아가씨들이 그것도 모르나, 질긴 거로 따지면 가죽을 사야지

혼자 훈수 두다가 이건 동물보호를 벗어나는 관점인가 산만해진다

야들야들한 식감 고기 먹방과 야들야들한 비건 레더가 동시에

유행하고

　산만해 보이는 고깃집, 술집 찾던 사람들이,

　살생은 싫고, 식감은 좋고, 촉감은 좋고, 살생은 싫고,

　반려동물을 안고 해사하게 프로필 사진을 찍는다

　누가 그러거나 말거나 방관하리라,

　죽음의 냄새는 끈질기고 카페인을 쏟아부은 정신 산만으로 깨
어 있다

　머릿속에 들러붙은 것들에서 독한 레자 냄새가 난다

　어머니, 아버지 무수히 쌓아 놓고 박으셨던 레자, 라고 적다가
아니 가죽이었나 지우다가

　어차피 한 덩이 죽음 같은 거였지 싶다가 뭔가가 뼛속 깊이 젖
어 든다

　동물의 죽음은 까마득히 모르고 화공 냄새 맡다가 헛구역질
나던,

　나 어릴 적 부모님 공장 하던 시절

　가죽 제품 박을 때 까맣게 타던 손톱도 풍화작용 거쳤나 보다

　내가 철 좀 들어서 떠올려도 기억나지 않는 뭔가가 있다

　가윗밥이 흉하게 표시된 경계에 올라앉은 나

　공업용 누런 본드 칠을 하고 박은 살가죽이 뜨겁다

　부스럼 딱지처럼 떨어져 나간 기억은 내 인간 가죽이었나

　내 목구멍 밥숟가락 넘긴 일에 레자가 있었단 건가

　인간다운 거죽을 만드는, 영혼이었나

생각하는 눈동자도 잠시 깜깜하여라

아무려나, 영혼의 일들에 무심하리라, 물질에 충실하리라

유튜브를 배속으로 돌리면서 모니터를 켜고 모가지를 비틀어
핸드폰을 쳐다본다

충혈된 눈 속으로 전시 전문가가 들어차고

쇼윈도처럼 윈도 너머 쇼 닥터의, 쇼핑 호스트의, 쇼맨십의

훅훅 내질러지는 말들을 구경한다

그러다가 정신없이? 정신 차리고? 밀린 원고를 적는다

눈알이 붉어질 때쯤 누군가의 자의식은 이렇게 적는다

몹시 싫어지는 심정을 자신에게 돌리지 못하는 인간은

결코 성찰하는 인간이 아니다, 라고

갑자기 졸음에서 깨듯 비애의 냄새가 확 끼쳐 온다

헛구역질이다

---

* 정신 산만: 정신 분산적 지각(Zerstreuung). 벤야민은 19세기 대도시의 공간 체험에
서 사람들이 상품에 대한 판타스마고리아(Phantasmagoria)와 정신 분산적 지각을
느낀다고 파악한다.

서울 遁走曲

온 장안의 복부를 들썩이는
끈질긴 소화불량이 굴러다닌다
천식을 앓는 북풍이
집집의 부어오른 편도선을 타고
말라빠진 잠의 일해리까지 파고든다
어둠의 뿌리에서 뿌리로
쓰디쓴 정신의 수레바퀴가
소시민의 겨울의 긴 잠으로 굴러내리고
읽다가 덮어 둔 구약성서에
별들도 온통 어깨를 돌리고
빈사의 골짜기에 말뚝을 박으며
조심스레 내려가는 불면
음산한 순례의 발자국마다
세상의 모든 경험의 관절은 빠지고
창세기의 기근이
맨발로 퍼어렇게 떠도는 들판을 지킨다
헛들리는 머리에

숨어있는 상처가 희끗희끗 기울고
몇개 남아있는 고뇌의 껍질이
신경의 마른 잎소리를 내며 기울고
도시의 옆구리에 수북이 쌓여있는
소시민의 가냘픈 생활의 뼈
겨울언어의 거칠은 피부
살오른 섹스의 방뇨
발목까지 빠지는 오염 속에서
자정의 엷은 꿈이 꽁꽁 얼어붙고
한 겨울내내 우리는 동상을 앓는다
하얗게 겨울의 피가 얼어붙은
우리들의 일상의 하반신에
빽빽이 줄이은 빈촌의 분뇨 탱크가
가만가만 빠져 나가고
광화문 지하도에 종로에 을지로에
헛된 꿈들의
죽은 질병이 굴러다니고
신문지에 박힌 활자의 내장들이
소시민의 약한 시력을 비끌어매고
도시의 흉터 위에 떠오른다
하루를 내린 노동의 불면 속에
수천톤의 충격이 뿌리깊게 와 박히고

밤마다 교외로 나가 앓는 정신적인 암 하나와

희어러진 북풍이

황폐한 들판으로 우리를 끌어낸다

—〈月刊文學〉70년 7월호

서울 둔주곡

연정모

촛불이 켜지면 그다음부터는 어려울 게 없다

좁쌀만 한 데서 실루엣이 자라난다 사람들은 나그네쥐처럼 돌진하다가도 멈춰 서서 입을 맞췄다 너는 어디에서 왔어? 하고 물어보는 것은 나의 몫이었는데 그러면 종종 대답해 주는 이가 있었다 그런 사람들은 보통 출처가 같았다 대체로 살이 희었고 드러나 보이는 곳에 반점이 있었다 기분을 찢어서 붙인 자국이었다

나에게도 반점이 있다 그렇지만 아주 조그마히 발목과 배꼽 옆에 붙어 있었기 때문에 다들 모르는 기색이었다 물풀색 셀로판지를 붙인 것처럼 어슴푸레했다 바다에 담그면 부풀 때도 있었지만 색은 그대로였고

걷다 보니 종로타워 앞이다 거기서 자신을 B라고 소개하는 사람을 만났다 너는 어디에서 왔어? 방 안에서 왔다고 했다 역시 그렇구나 맡아 본 적 있는 냄새

B는 귀 뒤로부터 쇄골까지 이어지는 흰 반점을 가지고 있다 흰 피부보다 더 흰 색깔 우유 흘린 옷을 잘못 빤 것처럼 뿌옇게 흐려진 기운이었고 만지면 말캉할 것도 같았다 길가에 뿌려진

촛불의 점점 사이로 불투명한 빛이 흔들리고

　그는 눈을 가늘게 뜨고 너에게도 색이 있니 물어 왔으나 나는
대답을 못 했다 겨울이었고 발목과 배꼽은 면직물로 감추어져
있었다 멈추어 서서 양말을 벗어 보일까 하던 중 그는 떠난다

　내 몸의 종잇조각은 푸른 가운데 때때로 흰색

　투명해 본 경험은 없었고

　오래 걸으면 너덜거리기도 했으나 결코 떨어지지 않았다

金曜日 아침

金曜日 아침, 8년 만의 서울 거리에서
철들고 처음 울었다.
사랑도 어둡고 믿음도 어둡고 活字도 어두운 금요일 아침
이 도시에서 분명해지는 것은 공복과 아픔뿐이다.
철근으로 이어진 도시의 신경 너머
나뭇잎 비비는 소리
냇물의 물고기 튀어오르는 소리까지 모여드는
유랑의 눈물을 나는 다시 불러 모아
이 젊음을 가지고도 잘도 참아내었구나.
어머니가 길러온 들판 하나를 말려 버렸고
말하지 못하는 나의 말(言語)과 꿈꾸지 못하는 나의 꿈과
취하지 않는 나의 술과 나의 배반은 너무 자라서
어머니의 품에 다시 안기지 못한다.
열세 켤레째의 구두 뒤축을 갈아끼우는 금요일 아침
철들어 나는 처음 울었다.

―〈한국일보〉 74년 8월 9일

금요일 아침

김태우

금요일 아침마다 우는 사람
말 못 할 사연에 담지 못한
눈물의 주인을 찾는 사람
출근길 정류장 벤치에 앉아
누군가를 기다리는 사람
하염없이 버스만 바라보며
퇴근길 정류장을 서성이는 사람
흐르는 눈물을 닦지 않는 사람
멀리서 우는 사람을 보면
금요일 아침이 생각난다
매일 아침 버스를 기다리며
금요일 아침을 생각한다
홀로 울고 싶은 날에는
금요일 아침을 기다린다
한산한 정류장 벤치에 앉은
금요일 아침을 닮은 사람
그 옆에 천천히 앉아

금요일 아침이 되어 본다
이제 조용한 금요일 아침
어디에도 보이지 않는 사람
금요일 아침을 기다리는
나와 너와 우리를 위해
가만히 금요일 아침에
울어 본다

野性

여러 盲人들이
붉은 몽유병의 달을 앞세우고
돌아가고 있다
시퍼렇게 얼어붙은 발자국들이
흰 꿈 위에 푹푹 빠져들고
우리집의 오랜 家風의 언어세포마다
酸性의 불면이 하나씩 돌아누웠다
상채기로 부푼 꿈의 잔등에
빈사의 채찍질 소리가 오래오래 달리고
온 집안의 황폐한 持病들은
어둠 저쪽에서 못질된
몇개의 본질 위에 골격을 드러내고
갈기갈기 찢겨나간 들판 하나
가슴까지 쌓인 失意의 빈 껍질
늘 시달린 붉은 악몽이
텅텅 빈 나의 두개골에
깊은 중상이 되어 남아있다.

—〈중앙일보〉 71년

야성

김미소

온통 흰 꿈을 꾸었다
얼어붙은 것들만 가득하고
날아가는 새조차 보이지 않았다

자전거를 타다.
절벽으로 들어선 순간
꿈속이란 것을 알아차렸다

떨어지지 않으리라 안도했지만
영혼과 육체가 분리되듯 튕겨 나와
수면 위로 구름처럼 떠다녔다

침몰하는 두 개의 얼굴
구름이었다가 얼굴이었다가

꿈에서도 현실에서도
헛것을 보았다가 헛것이 되었다가

눈꺼풀을 비비는 사람이 되어
이 불행에서 깨어나지 못하면 어쩌나
얼어붙은 마음만 가득하여 탄식하였다

그러나 조금만 더 걸어 보자
주머니에 손을 넣고 눈길을 걷는다

온통 살아 있는 것은 나뿐이라
흰 꿈 위에 드러누운 발자국을
방명록처럼 남겨 놓는다

여름데상

아브라함의 여름, 이삭의 여름, 야곱의 여름, 죽은 들쥐의
여름, 의자와 헐은 장화와 몇알의 양파껍질의 여름, 고호 심
장을 빗나간 밀밭의 여름, 모래밭에 등뼈를 드러내고 누운
선박의 여름, 일천구백칠십네개의 신약의 여름, 열세시이십
구분에 멎은 톱니바퀴의 여름, 냉동된 갈치 고등어 도미 바
다의 여름, 일당 오백원에 태워버린 화부의 여름, 공중변소
낙서와 함께 기어다니는 구데기의 여름, 선풍기의 골통과
흉한 우두자국의 여름, 암실의 붉은 불빛 속에 인화된 여름.

가장 깨어지기 쉬운 여름은 여자의 여름이다.

해골 같았던 느릅나무 물푸레나무의 겨울과 초원과 광야
와 바다의 온갖 경험이 열린 얼굴로 여자는 옷을 벗는다.

여름이 낳아놓은 그대로 흙은 흙의 죽음을 불은 불의 죽음
을 공기는 공기의 죽음을 물은 물의 죽음을 벗는다.

—〈詩文學〉 74년 10월호

여름 데상

여름을 깨뜨리지 않았다
한 덩이 여름을 입안에 두고 천천히 녹여 먹었다

너무 달고 너무 시고
너무 뜨거워 혀를 깨물지도 않았는데
이 계절은
문구점 뒤편에서 파는 불량 식품 같기도

플라스틱 막대에 꽂힌 시뻘건 걸 쪽쪽 빨며 집으로 가면
혼이 나던 기억
백지의 하늘을 멍하니 올려다보며

엄마, 부르면
엄마는 보이지 않고
화장대가 빠져나간 안방에서 물기 없는 부엌에서
욕실에서

일부러 흘흘 소리 내어 먹었다

진득한 막대는 마당 구석에 묻어 두고
얼른 들통나길 바라는 비밀처럼
젖은 흙을 둥글게 둥글게 쌓아 올리면

알 수 없는 그림을 그리며 개미들이, 상복을 입은
몇몇은 울고 몇몇은 달래면서
다 같이 놀았다

그만 됐다,
자자,
엄마가 부르는 소리

어서 자자,
엄마는 없지만

천천히 녹여 먹었다
한 폭의 꿈이 구겨진 눈꺼풀 위로 짙게 내려앉을 때까지

여름은 깨지지 않았다

딸에게 주는 가을

딸아, 이담에 크면

이 가을이 왜 바다색깔로 깊어가는가를 알리라.

한잎의 가을이 왜 만리 밖의 바다로 나가 떨어지는가를 알리라.

네가 아끼는 한마리 家犬의 가을, 돼지저금통의 가을, 처음 써본 네 이름자의 가을, 세상에서 네가 맞은 다섯개의 가을이

우리집의 바람개비가 되어 빙글빙글 돌고 있구나.

딸아, 밤마다 네가 꿈꾸는 토끼, 다람쥐, 사과, 솜사탕, 오뚝이가

네 아비가 마시는 한잔의 소주와 함께

어떻게 해서 붉은 눈물과 투석이 되는가를 알리라.

오오, 밤 열시반에서 열두시반경 사이에 문득 와 머문 단식의 가을

딸아, 이날의 한장의 가을이 우리를 싣고 또 만리 밖으로 나가고 있구나.

—〈週刊朝鮮〉 74년 11월 27일

딸에게 주는 가을

김룡

—생지

어딘가 아프긴 한데 어디가 아픈지 모를 때마다 꺼내 읽는 아이 몇 권이 있다. 그중 가장 어린 한 권의 아이가 까마득하게 잊어버리고 있던 내 얼굴을 들고, 늙지 않고 죽지도 않는 약을 구했다는 듯 뛰어왔다.

아빠, 참 신기하지 않아요. 우리는, 떠나는 사람도 남는 사람도 아니어서

그렇게 문득 모르는 사람이 된 나는 가만히

딸과 함께 밥 먹고 똥 누고 울던 또 한 장의 가을을 묻었다. 그리고

神과 연락을 끊기로 했다.

아내와 함께

言語學校에서 내가 맨처음 배운 것은 바다였습니다. 바다의 얼굴을 몇번이나 그리고 지우고 하는 동안 문득 30년을 이른 나만 남게 되었습니다.

간밤에는 벗겨도 벗겨도 벗겨지는 언어의 껍질뿐인 미완성의 바다 하나가 家出을 하였습니다. 서울생활 10년 만에 나는 눈물을 감출 줄 아는 젊은 아내를 얻고 19공탄을 갈아 끼우는 「아파트」의 소시민으로 날마다 만나는 廣告 문귀 틈 속으로 드나들며 살고 있습니다. 가로수의 허리마다 꽁꽁 동여맨 겨울짚들이 이제는 나의 하반신에도 꽁꽁 감겨져 있읍니다. 밤마다 이촌동의 한강 하류에 몰리는 서울의 침묵이 다시 당신들의 언어로 되돌아갈 때까지 바다의 얼굴을 몇 번이나 고쳐 지우며, 또 몇십 년 후의 별것 아닌 우리의 현실을 아내와 함께 기다릴 것입니다.

—〈서울신문〉 75년 3월 8일

아내와 함께

고재종

내가 따 준 별들은 다 어디에 두었나요
당신이 건네준 한두 송이 꽃쯤은
혹여 내 빛바랜 책갈피 속에나 끼여 있겠지요
해 저무는 공원 길을 엇박자로 걷는 건
나는 근력이 빠져 다리를 끌고
당신은 마음이 상해 억지 춘향으로 나서서겠지만
공원에는 애인들이 손을 잡고 걷고
공원에는 부부들이 아이들과 깔깔거리며 걷고
우리처럼 하릴없는 인간들도 보이네요
참 다행이지요, 그것만 해도 다행이지요
평생을 살면서 인간도 못 된 사람이 있는데
그나마 우리 조금은 인간이지 않나요
당신은 40여 년 교단에서 아이들과 함께했고
말도 안 되는 시골뜨기가 먹지도 못할 여우를 쫓듯이*
말도 안 되는 내가, 누군가 읽지도 않는 시 쓰길 40년,
문득 돌아보니 거기 당신의 여자는 사라져 버리고
여기 나의 여자도 사라져 버린 채

글썽글썽한 인간만 남아, 우리 오늘도 함께 걷는 건가요
여고 동창회에 갔더니, 다 죽고 나만 영감탱이가 남아
신경질을 부렸다는 노인이 있었다지요
그 농담을 지금껏 안 해 준 것만 해도 참 다행이지요

---

* 오스카 와일드

이 겨울의 한잔을

겨울의 마지막 기도와 단식,

나를 몰아낸 숲과 들판,

내 스스로 만들고 택한 이 겨울의 최후의 한잔을

그대는 마실 것인가, 마실 것인가

나의 마지막 것은

한벌의 내의와 헐벗은 눈물뿐이다

맨처음 그대의 목소리는

바다에서 왔다

나는 그대의 한 목소리에

산도 놓고 들도 놓고 조그만 집도 세워두었다

그대를 위해 마련한 일상의 꿈에

나는 아무 이름도 붙이지 않고

그대가 원하는 대로 이름을 갖도록 뜰도 쓸고

바다에 이르도록 冬菊도 가꾸었다

밤마다 그대의 꿈 위에 밀려오는 갯벌,

나의 붉은 어둠으로 들어와 기도하던 사나이들은

내가 기르는 산과 들과 허무의 나무마저 뿌리째 뽑아들고

돌아오지 않는다
나를 몰아낸 숲과 들판,
내 스스로 만들고 택한 이 겨울의 최후의 한잔을
그대는 마실 것인가, 마실 것인가

─〈心象〉 74년 1월호

이 겨울의 한잔을

임동확

  아무것도 보장하지 않는 눈보라 폭설 속을 오로지 생존의 감
각에 의지해 순록 떼를 몰아가는 유목민 같은 지금 이 순간,

  언제부턴가 꿈길밖에 허락되지 않는 모든 기대와 희망 너머
여전히 그 무엇 하나 매듭짓지 못한 채

  난 이제 그만 놓아주어도 좋을 추억 같은 영원히 이해 불가능
한 현재의 깊이와 마주하고 있다

  그렇게라도 하지 않으면 차마 견딜 수 없어 어깨뼈 속까지 파
고드는 추위에도 밤늦도록 떠돌다가

  슬프게도 터벅터벅 캄캄해진 귀갓길에 들었을 그 어긋난 시간
의 곁을 그새 온몸이 반짝이는 눈[目]이 되어 맴돌고 있다

  그러나 무너진 옛 왕국 쿠차의 어느 골목길 마구간에서 보았
던 더 할 수 없이 선한 노새의 눈망울에 깃든,

  뛰어넘을 수 없는 그리움과 기다림의 지평보다 더 멀리 달아
나 버린 이별의 쓴잔을 달게 받으며

  마침내 난 최후의 체온 같은 네 사랑과 호의, 선택과 자유의
처분에 제 운명을 온통 내맡긴 채

만남에 대하여

우리들이 같이 있을 때에는 큰 산에서 소나기가 건너온다.
우리들이 서로 마주한 산이 가까이 있음을 믿으면서도
또한 멀리멀리 떨어져 있음을 잊은 것이 눈물의 큰 짐이
되었다
그대의 길은 모두 나에게 낯이 익었다
그대가 간직하고 있는 한 알의 모래 한 방울의 이슬이
처음으로 만난 슬픔이란 것을 알았다
나의 가슴 깊이 내려와 있는 그대의 눈물은
〈연꽃이 해를 보고 피었다가는 가진 것을 모두 잃어버린〉
그것이다
나는 나를 멀리하고선 그대의 들꽃을 따서 모을지라도
오오 그대의 온전한 아름다움을 모으지는 못한다
밤마다 그날그날의 기도와 말씀 하나를 찾아내기 위해서
나는 아오스딩이 되고
떠돌아다니는 들판마다 그대를 印刻해 두었다
만약 우리에게 얻음이 있다면 다시 얻음이 아니고
잃음이 있다면 다시 잃음이 아니다

이제 밤이 지나가면 얼마나 많은 꿈들이 멀어져 갔거나

흙속에 묻혀 갔나를 우리는 알게 된다

우리는 이 길을 오랫동안 돌아오지 않을 것이다

—〈풀과별〉 73년 8월호

만남에 대하여

신혜경

슬픈 사랑 시가 모두 내 얘기 같은 날이었네

혼자 살기 좋은 곳이 있다기에 길을 나섰네

드넓은 고요와 긴 침묵 사이

검은 동굴이 순한 짐승처럼 울고 있네

나도 따라 그 옆에 서서 우네

한 방울 또 한 방울, 끝없이 흘린 눈물

그 눈물 닿은 자리마다 돌에 싹이 돋았네

기다리자, 기다리자, 주문처럼 외우며

나 오늘, 환선굴 허공에 박쥐처럼 집 한 채 짓네

떠남에 대하여

지극히 멀리 떠남이 없이

어찌 우리들은 만남을 말할 수 있으랴

인간의 아들이여

이제 우리들은 떠날 곳도 머물 곳도 없더라

우리들이 의지의 두 발로 일어설 때

나는 네게 말하리라던 그 예언자도

어디론가 떠나고

우리들의 진실을 지켜주지 못하더라

이제 날도 다 되었고

우리들은 역시 떠나야 하느니라

세상의 어떤 아름다움도

우리에게 상처를 주지 않은 것이 없고

인간의 유산을 받음도

자기 자신을 내어 줌이었고

주는 것도 자기자신을 빼앗음뿐이었더라

우리들이 침묵을 지키며 하는 어떠한 기도도

가시와 저희 욕심이 들지 않은 것이 없고

우리들 눈물의 대부분은
우리 자신이 선택한 것뿐이더라
바다와 땅은 우리들의 주림을 채워주었고
우리들이 던진 시간과 땅을 갈던 생명의 손에
또 다른 죽음이 우리들의 죽음을 기르더라
이제 우리는 오랜 주림과 목마름을
대지 위에 남겨놓고
오직 떠나는 것뿐이더라

—〈한국일보〉 70년 11월 15일

떠남에 대하여

조은영

픽셀의 바다는 고요했다
손을 흔들면
달려오던 파도의 고백과
해변을 따라 남겨진 선명한 이야기들
손바닥을 뒤집는 건 아무렇지 않아서
그건 지나친 순간이었다

작은 창을 열면 표정들이 밀려왔다
창 너머, 방 안으로, 침대까지
발목을 간질대던 파도는
세상의 모든 아름다운 아침을 속삭였다
창을 닫으면 순식간에
어둠이 꿈속까지 밀려왔다
축척이 지워진 지도를 펼쳤다
손으로 문지르면
쉽게 지워지는 어제는
있었지만 있지 않은 것이 되었다

이제 우리는 떠날 곳도 머물 곳도 없었다*

정적인 전자의 바다
분명 있었던 해변의 발자국은
너무나 형이상학적으로 지워졌다
우리는 인간의 인간이었지만
픽셀로 짜인 시간 안에서
무중력 상태로 헤엄치고 있었다

희미한 빛이
소리처럼 방을 채웠다
떠나간
온기의 감정을 생각해 보았다
함부로 지나친 순간이었다

---

* 김종철 〈떠남에 대하여〉에서

헛된 꿈

세상일을 내다파는 시장터의 흥정도 다 끝났더라

가뭄에 쩍쩍 갈라진 붉은 논바닥 하나가 해진 뒤에 너희
속에 오래 남아 있더라

헛되이 지키다가 울어 버린 몇 날의 사랑

너희의 모자람과 부끄러움과 눈물까지 모두 흥정해 버렸
더라

너희 밭에서 너희가 감춘 뿌리를 캐다 팔아도

너희의 곳간에는 탄식과 바람을 쌓아 두는 일이 더 많더라

어제의 머뭄 속에 너희는 무엇으로 너희 몫을 내놓겠느냐

세상의 저울눈에 가리키는 너희의 헛된 꿈과 모든 재앙은

바다 모래보다도 무겁더라

여인에게서 난 너희들은 사는 제날이 적더라

너희가 진실로 땅에 꾸부림은 너희들 가장 깊음 중의 하나
이더라

너희가 자신을 밖에 드러내어 흥정할 때

너희를 내어놓은 이는 너희들 세상의 흉터에

새로 상처 입었음과 스스로 숨은 것을

바라보고 있더라

너희는 떠도는 사물의 꿈 속에서 너무나 오래도록 길을 잃
었더라

너희가 흙에 누워 앓는 소리는 덧없는 큰 물 소리이더라

—〈풀과별〉 73년 8월호

헛된 꿈

문성해

—약목역

명절을 앞두고 지나친다
내가 태어나 한 번도 정차하지 못한 역

그곳엔 골다공증의 가로등이 꼬부라져 가는 골목이 있고
그 끝엔 평생을 지나쳐 가는 기차를 기다리는
늙은 사내가 있고
늘어 가는 약봉지가 있고

약목은 지키지 못한 약속이 떠오르는 곳
작파한 약속처럼 검게 떨어지는 작약꽃과
한 사내의 전담 약사가 있는 곳
놓아기르는 개와
놓아기르지 않는 맨드라미가 동격인 곳

자꾸 뒤돌아보게 되는 곳
내 신발의 흙 한 톨도 떨어뜨리지 못한 곳
내가 한 번도 표를 끊지 않은 이유 같은 것을 생각하게 되는 곳

딱히 가야 할 이유도 가지 않을 이유도 없는 곳

무궁화호도 섰다 안 섰다 하는 그곳엔
내가 건사하지 못한 늙은 사내 하나 있을 리 만무하고
헛되고 헛되도다
약목은 내가 지키지 못한 약속들이 한통속으로 고여 있는 곳

기차 안에서 졸린 눈 비비고 누구나 한 번은 돌아보게 되는 곳
사연들은 다르겠으나

탁발

비구들아 둘이서 한길로 다니지 말라

十九棟 박 영감의 노년의 냄새, 性의 소리

넘어진 것에 덮인 것에 너희는 모래와 거품이더라

너희는 주림과 목마름을 꿈 속에서도 채우지 못하더라

너희에게는 어떠한 길도 이방인의 길이더라

너희의 바람과 햇빛은

아직 채워지지 못한 너희 곳간의 필요일 따름이더라

해지기 전 순교자의 피와 어머니 눈물의 땅을 거둬들이는 자들의

붉은 얼굴에 부끄럼 없이 너희 일곱 번째의 탁발을 내밀어라

너희 땅의 노예들은 저물기를 기다리고

너희 품꾼은 그 삯을 바라더라

탁발

유종인

눈썹도 지우고
말간 동공 하나로 그대가 있어 와서
난 어두운 번민의 뭇매를 맞다가도
한끝 깨어 앉은 고요의 결가부좌처럼
때로 바닷가 갯바위에 반가 사유로 옮아 사라질 때
나는 이슬을 모아 그대 먹일 밥물을 안치기로
함초롬히 반 물초가 돼 헤맴을 더하여
어느 아침의 거울 앞에 당도하였네

그대여 이슬로 안친 밥을 먹으매
그대와 나는 한껏 비워진 장지(壯紙) 같은 길을
그냥은 헛되이 걸을 수 없어
다시 해가 공중에 오른 뒤에도 붓 한 자루로
스러진 이슬의 빛깔을 거뭇하니 얼러 내듯
곡두처럼 떠도는 장봉(長峯)의 사내로
이슬에 얼비친 영원의 속내를 써 보았네

무한을 뒷배로 예 소풍 온 날
풀 이슬 차가며 다솜을 구하였네
밤낮으로 훑어가는 내 붓끝의 구애를
광야의 끝 날까지 가만 드날렸네

두 개의 소리

나는 떠도는 물소리다
내가 떠난 것은 모두 물소리다
내가 잃어버리고 나를 잃어버린 것들은
물소리뿐이다
내가 떠나온 자리에는 물소리뿐이다

나는 떠도는 바람이다
내가 떠난 것은 모두 바람이다
내가 잃어버리고 나를 잃어버린 것들은
바람뿐이다
내가 떠나온 자리에는 바람뿐이다

—〈한국일보〉 73년 7월 31일

두 개의 소리 옮겨 적기

유은고

사람의 몸이 수평선이라면

어떤 몸은 햇빛이 풀어놓은 바람의 소리가 되고 바람이 된 어떤 몸은,

먼저 사라진 물의 자국을 쫓다 소용돌이가 됩니다

그러나 끝나지 않은 당신은,

발이 없고 소리 없는 생물에게서 바람과 물의 자국을 찾습니다

늘 잘못된 길을 달리는 나의 발끝에서

회전 계단은 전력을 다해 높아지고 당신은,

삶은 매우 단순해서 힘을 주면 놓치는 거라고

물고기 한 마리의 입구는 다른 물고기의 출구가 되고

손에서 고기가 빠져나가도 괜찮다는 생각으로 힘을 빼면

그 한끝이 사람과 물고기의 힘이 달라지는 순간이라고

내가 잃어버리고 나를 잃어버린 것들을 모아 자신의 삶까지 엮고 있었습니다

밤이 되면 침묵 속으로 첨벙첨벙 뛰어드는 물고기

물고기는 죽어서도 필요한 만큼씩 물의 무덤이 되고, 그 무덤은

물고기자리가 되기 위해 바람이 됩니다

불로도 뚫을 수 없는 강철 같은 삶의 법칙과,

죽어서도 싸워야 했던 당신은

당신을 기다리는 수평선이 외로운 장소가 아님을 알았을까요

그래서 당신의 잠은, 필사적으로 수평선이 되는 걸까요

招請

길고 어두운 내 겨울의 집을 방문해 주오.
한마리 새도 울지 않은 이 雪原에 오래 전부터 눈덮인 木
柵의 문을 열어 두었다오.
몇번의 헛기침이 銀細의 뜰과 집밖을 쓸어모으고
당신을 맞을 한잔의 茶를 달이는
장미나무가 소리내며 타고 있다오.
벽틀에 內宿하는 고요한 十三回忌의 아내의
외로운 그 겨울의 夜半이 늘 내려와 앉아
나의 젊은 私生活에 동결된 시간은
지난 사랑의 母音들을 흩날려 주고 있다오.
잠의 숲에 내린 눈[雪]잎마다 쌓이는 푸른 달빛이
잠든 아내의 흰 이마에서 서러운 빛의 둘레로 가라앉을 때
內部를 밝히는 나의 가장 어두운 환상이
한 겨울의 깨어있는 神의 十二音을 엿들으며
기다리고 있다오.
날마다 찾아오는 아내의 指環의 둘레 안에서
하얗게 시어가는 눈머는 나의 겨울.

밤마다 메마른 골수에 감겨드는 차가운 소멸도

저 조그만 세상의 騷擾도

이젠 들리지 않는

눈 덮인 외로운 내 겨울의 집을 방문해 주오.

—〈한국일보〉 68년 2월

초청

고은진주

하필이면 장미를 심어 놓고
애정의 자세로 기다리고 있습니다

전설의 담벼락에도 온기가 돌고
푸른 차 은근히 달인 지도 몇 달째
묵묵부답이네요

화려한 저의를 꾸미는 중이 아니라면
방문하고도 한참 지났을,

기다릴수록 가시 같은 날들입니다

저의 꽃말을 잃어버렸거나
설마 모종의 일이 있었을까요

질투로 흩어진 겨울의 그날
전속력으로 밀어 넣었다가 우물쭈물 물러선

발바닥처럼 홀로 얼룩진 나는
여태 당신을 찌르고 있었습니다
길섶의 역사를 도란도란 나누던 것까지 미워져서
가시가 천직처럼 돋아났습니다
변명일랑 듣지 않고 시각으로만 골똘해졌던 날들

당신 탓만 외곬으로 했었기에
담벼락하고 말하는 셈이었습니다만

이제와 당신 초정해 놓고
개화의 각도로 기다리는 중입니다

裁縫

사시사철 눈오는 겨울의 은은한 베틀 소리가 들리는
아내의 나라에는
집집마다 아직 태어나지 않은 마을의 하늘과 아이들이 쉬
고 있다.
마른가지의 暖冬의 빨간 열매가 繡실로 뜨이는
눈 나린 이 겨울날
나무들은 神의 아내들이 짠 銀빛의 털옷을 입고
저마다 깊은 內部의 겨울바다로 한없이 잦아들고
아내가 뜨는 바늘귀의 고요의 假縫,
털실을 잣는 아내의 손은
天使에게 주문받은 아이들의 全生涯의 옷을 짜고 있다.
설레이는 神의 겨울,
그 길고 먼 복도를 지나나와
사시사철 눈오는 겨울의 은은한 베틀 소리가 들리는
아내의 나라,
아내가 소요하는 懷孕의 고요 안에
아직 풀지 않은 올의 하늘을 안고

눈부신 薔薇의 알몸의 아이들이 노래하고 있다.
아직 우리가 눈뜨지 않고 지내며
어머니의 나라에서 누워 듣던 雨雷가
지금 새로 우리를 설레게 하고 있다.
눈이 와서 나무들마저 儀式의 옷을 입고
祝福받는 날.
아이들이 지껄이는 未來의 낱말들이
살아서 부활하는 織造의 방에 누워
내 凍傷의 귀는 영원한 꿈의 裁斷,
이 겨울날 조요로운 아내의 裁縫일을 엿듣고 있다.

—〈한국일보〉 68년 1월 1일

재봉

고운기

1

호수가 얼어서
지구의 구멍 난 자리가 때워졌다

청둥오리는 어디로 갔을까

여름 내내 내린 비가 땅속으로 빨려 들던 소용돌이 속에
청둥오리는 바느질하듯
물속에서 물 밖으로 부지런히 자맥질 쳤었다

겨울 오고 청둥오리 떠나고

자맥질로 다려진 수면
넌지시 잠겼다

2

잃어버리는 빈도와 찾아내는 요령은 비례해서 늘어난다 기억
이 죽는 대신 지혜는 산다 이를테면 물건을 잃거든 놓친 자리까
지 찬찬히 거슬러 돌아가 보라 다는 아니어도 기다리듯 가만히
있어 다시 만난다 그러므로 나이 든다고 초라해질 일 없다

세월은 잃어버린 길을 따라 돌아가는 裁縫線이다

어느덧 거기 나타나는
내 몸에 적당히 맞춰져 가는 옷 한 벌

겨울 포에지

흰 死者들이
집집의 문을 두드리며 다시 돌아왔다.
난시가 되어 비틀거리는
겨울의 상반신.
늦가을 동안 짚으로 묶어 두었던 우리집의
某種의 추상어마다
죽은 살얼음의 꿈이 매어달렸다.
부어오른 선잠 사이에
깡마른 북풍들은
서로 할퀴어 상처를 내고
편두통을 앓는 나의 머리에
五百十章 未滿의 책장들을 날렸다.
오그라붙은 마을들은
모든 질서의 關節을 삐인 채 돌아눕고
우리집 늙은 개는 내장이 드러나도록
냉혹한 슬픔을
뜰에 하얗게 게워놓았다.

—〈동아일보〉 69년 12월

겨울 포에지

방수진

너의 생각이 궁금해
나는 네 뒤편에서 너를 들여다본다
네가 쓴 안경 속으로 보이는
도드라진 사물들, 그 사이로
나는 네가 고통스레 삼켜 버린
너의 문장들을 찾는다
우리는 이 세계 어디쯤에 머물러 있는 걸까

소름 끼치도록 싫어
한 주의 일기예보를 들으며 너는 말했다
전례 없는 일주일간의 폭설
몸을 잔뜩 웅크린 채 너는 물었다
무채색으로 물드는 공포를 알아?
아무리 애써도 벗을 수 없는 옷처럼
도저히 울어도 깨지 않는 꿈처럼
우리는 결국 끝이 되거나 발가벗겨질 거야

블루베리를 먹던 손가락 끝으로
붉은 무언가가 번진다
손끝에서 손가락으로 향해 나아가는
이 하찮은 씩씩함을
감히 우리는 전진이라 부를 수 있을까

끝내 도망칠 수 있을까
우리가 우리가 되지 않기 위해
죽을힘을 다해 벗어 던졌던 애씀으로부터

그래도 맞아 볼까
이 쏟아지는 절망을
전혀 깨질 것 같지 않은
겨울의 한 조각을
마침내 두 손에 쥘 때까지
두 손이 이윽고 빨갛게 물들 때까지

너의 안경 속에서
끝내 폭설이 멈추는 것을 볼 때까지

타지 않을 버스를
지지치 않고 기다리는 마음으로

겨울 變身記

하루에 한번씩 밤의 끝에서 길어놓은
내 日常의 물통에
近視四度쯤 되는 살얼음의 탄력이 멎어 있다.
얼어붙은 시간의 발바닥마다
한 꾸러미 체인으로 비끄러매고
깊어있는 의식의 疼痛 위를 걸어다녔다.
일상의 틀에 박힌 손목의 초침마다
하루의 공복을 갈아끼우고
外傷을 입은 나의 머리에
들어와 앓고 있는 죽은 예수를 두번 팔아들고
비틀거리는 스물다섯번째의 蟲齒를 뽑아내었다.
설익은 經驗의 모든 구멍을 들추어낼 때마다
성바오로 病棟에서 어둡게 새어나오는
누가복음 십이장 이십이절의 맨발의 밤이
깊고 시린 秒針의 반대 방향으로
삐걱이며 돌아와 눕는 것을 나는 보았다.
시간의 방법에 꽂혀 도는

우풍 센 나의 방안에는
사개월간 중부 내륙지방의 惡寒이
한꺼번에 단 한벌의 內衣로
밤마다 우리집 구둘장을 들썩였다.
겨울동안 거꾸로 매달린
우리집 言語의 내장을 모조리 빼어내고,
상반신의 겨울과
어깨에서 잔등으로 걸쳐 있는
죽은 언어의 껍질을
우리가 사는 金湖洞에서 베들레헴까지
매일 밤사이 한 가마니씩 날랐다.
성냥 한 개피로 밝힐 수 있는
내 일상의 物象들이 쉬고 있는 이층 다다미방에
有信眼藥을 넣은
金湖洞의 밤이 쪼그리고 앉아 있다.
벽틀에 걸린 수은주의 눈금마다
近視四度쯤 되는 나의 밤을 풀어놓고
한살박이 스패니엘種의
우리집 개가 앓고 있는 십리 밖까지
눈꼽 낀 어둠의 발목을 삐어놓고
쓰러진 豫感의 무게 위를 사납게 기어다녔다.
냉돌위에 가로누워 있는 아내의 선천적인 우울증을,

파랗게 떨고 있는 당신의 지난 상처의 空洞을 못질하고
잘 손질된 銀貨의 세례를 쩔렁이며
매일밤 유다처럼 한잔의 포도주로 목젖을 식히고
목매다는 시늉을 했다.
하루에 한번씩 밤의 끝에서 變身하는 나의 겨울은……

—〈現代文學〉 70년 1월호

겨울 변신기

김태형

그 집에 누군가 가끔씩 드나드는 것 같다

대문 옆 무성하던 장미 넝쿨은

겨울 창백한 한 줌 하늘 아래에서 뼈대만 앙상하니 남았는데

그 집에서의 밤은 겨울 삭풍에도 여전히 추억보다 깊다

하나둘 단층 가옥들이 사라지고

골목을 따라 다들 삼 층이며 사 층까지

집을 올리기 시작할 무렵

지루한 한낮 보물섬을 읽거나

옆 동네 어느 친구가 오십 환짜리 옛날 동전을 들고 와서는

은색 동전으로 바꾸어 가던 시절

온통 그늘뿐이어도 겨울이면 이젠 눈조차 쌓이지 않는

그 골목 작은 집 뜰마저 사라지고

어디선가 읽었던 사랑의 신비한 묘약을 만들기 위해서

꼭은 그 집 지붕 위에 피던 붉은 꽃잎이 필요한 것은 아니지만

가끔씩 기와지붕까지 흰 얼룩처럼 달이 뜨고 졌다

한동안 빈집이었는데도

그 자리에 길이 나고 흔적마저 사라졌어도

지붕 위에 창백한 얼룩이 좀체 사라지지 않는다

그 집에서 책상 서랍 속에 숨겨 두었던 것들이

죄다 얼룩진 밤하늘에 덕지덕지 붙어 있다

찬바람에 뜯겨져 나가고 녹이 슬어

자꾸 눈이 침침해지는 그 겨울

그 지붕 밑에 가끔씩 한 남자가 어두운 밤인 듯 앉아 있다

나의 癌

한 무리의 미친 개떼들이
나의 일상의 사나운 공허를 물어뜯고 있다.
할퀸 어둠 속에
늙은 死者들의 골격이 드러나고
뚫어진 깊은 空洞이 확대되어 가고 있다.
나의 大腦 구석구석에 박혀 있는
몇개의 생활적인 미신과
십자가 위에서의 마지막 일곱 마디 말이
기어나와 골절되어 뒹굴고.
창고에서 부엌에서 서랍에서 책갈피 안에서
빈곤한 우리집의 먼지낀 內幕이
야맹증에 걸려있다.
매일 되풀이되는 사물의 이름 위에
메마른 경험의 사막은 차오르고
불면의 눈썹에
짙은 별이 떨어지고
발가벗겨진 나무들 사이에

거칠은 雨期가 오래 거닐고 있다.

낡아빠진 악몽과

꿈의 만성 동맥경화증이

밤마다 변덕스런 近視의 꿈 속으로

가벼이 굴러 떨어지고

하나하나 열려있는 迷路 위를

나는 매초 이십구 피이트의 속도로

어둠의 페달을 밟았다.

온 거리는 俗語 뒤에 숨어있고

도시의 청소부들은

언어중추의 낮은 지붕을 조심조심 타면서

회화의 찌꺼기를 쓸어 내고 있다.

石炭재가 가득 찬 내 생활의 복부에

소시민의 굴뚝들이 매달려

수천 갈론의 피를 퍼내고

매일 일톤짜리 파멸이

나의 視力을 완강하게 비끌어매고 있다.

—〈思想界〉69년 8월호

병뚜껑에 눈동자를 그린다

눈동자에 계단을 그리고 계단에 악보를 그린다

잘 지내니

거긴 괜찮니

악수한 뿌리는 하나씩 자르기로 한다

이번 여행 콘셉트는 정직으로 하자 과거로 돌아가는 알약을

먹는다 뚜껑은 닫지 말고

다시 방으로 가면 기타와 장미 기타와 바게트 기타와 다리 기타와 목걸이 기타와 권총 기타와 병뚜껑 기타와 검은 개들

[실험 1] 오늘의 슈거스폿(왼쪽이 노랗다고 생각하고 오른쪽 문장을 여시오)

각 ·	· -떫은 것에서 엑기스 뽑아내기
논 ·	· -투명한 미꾸라지 풀어놓기
돔 ·	· -소변을 보는 자리에 어항 놓기
룬 ·	· -잘 흔들어 오늘의 운세 부어 먹기
매 ·	· -시험 감독 시간에 게임은 금물
배 ·	· -생각이 안 나면 장갑을 낀다
소 ·	· -고막을 새로 색칠한다
암 ·	· -숨죽이고 사는 벌레들 나는 괜찮지 않아
정 ·	· -들리는 것만 들리는 섬이다
청 ·	· -적군이 투명하다
콘 ·	· -소리 소문 없다고 표기한다
털 ·	· -기억이 없다고 적는다
폰 ·	· -분홍 잉어가 주머니에 들어 있다
흉 ·	· -꼭지는 짧고 매끈한 노랑으로 한다

빛이 나는군요 사는 것의 한계와 죽여야 할 것들의 목록 사이에 연필이 부러지고 말았어요 문득 힘내세요

필요 없는 꽃들이 참 많아
꽃밭을 갈아엎을 거라고 예언했지만

잘 익은 통증, 슈거스폿 바나나를 먹다가
진갈색 크레파스로 오각형 관을 그리고 이상한 시인이 되기도 하지

오로지 검은, 개새끼들은 참 질기기도 해 고속 엘리베이터에서 휴지통을 찾다가 어쩌다 복면을 쓰고

보안점검표에 시간을 기록하는 신부와 날개에 숫자를 쓰고 뛰는 여대생의 찢어진 깃발 우는 아이를 안고 그림을 그리게 하는 초록 택시

악보에서 뛰어내린 눈들이 악수를 청하는, 가난한 침엽수림이 내려다보이는 병 속

음 소거 된 영하의 자장가

失語症

밤마다 나의 머리맡에
수천톤의 隕石들이 떨어진다.
삼십팔만킬로미터의 꿈이
나의 궤도 위에서
秒를 하나씩 두드리며 조심스레 건너간다.
죽은 마을의 우주비행사가
내 宇宙를 밀고
나는 옥스퍼드천으로 뜨여진 베개만 안고
올 사이에 짜여진 공간과 진공을 뚫고 뛰어내린다.
오, 격리되어 있던 지극한 슬픔이
내 속에서 파라슈트를 펴고,
삼십팔만 킬로미터에서
나의 腦의 波長에 와닿는다.
꿈의 표면을 밟고
나의 이 交信할 수 없는 원거리 憂愁가
또다른 隕石이 되어
옆집 천문학자의 눈속에 박힌다.

—〈한국일보〉 69년 8월

실어증*

윤보성

전에 해 본 것처럼 랑데부하자
낯선 시공간이 또 펼쳐지는데
저 파괴된 궤도를 버려두고서
네게 알맞은 운석을 찾았다니

다행이네 거짓말 따위 했어야
했을까 우수에 찬 너는 다시금
멋진 추락에 앞장서고 있구나
나는 뒤따라가기에도 벅찬데

너의 우주에는 지구가 없다며
슬픔 없이도 이야기하곤 했지
어쩌다 너는 내게 오게 됐을까
나의 지구에는 우주가 없는데

별들은 하루를 앞당겨 저물고
진공 속에서 흩어지던 우리는

손짓 발짓으로 마음을 전하려
버둥거려도 영 닿질 않는구나

지금은 어디에 있어? 소리쳐도

---

*   故김종철 선생님의 시 〈실어증〉에서 담아 온 단어들(운석, 궤도, 우주, 진공, 슬픔, 우
수)로 시를 썼습니다.

밤의 核

집집마다 악성의 오뇌를 실은 짐수레들이
자정의 메마른 풀빛을 타고
몰래몰래 빈사의 도시 바깥으로 빠져나간다.
모든 길은 어둠 속으로 트이고
밤새 나는 무의식의
컴컴한 여러 힘에 갇혀 있는 한개의 떠는 초침,
빗장을 두겹 지른 보수적인 꿈들이
골병든 시간의 등골뼈 위에
앙상한 등을 드러내고
가을내 품고 다닌 나의 지극한 슬픔이
한줌 질흙으로 가슴속에 말라붙고
한나절 쌓여있는 오염의 껍데기에
절망의 삽질소리가 더욱 깊이를 가질 때
나의 질병은 더욱 황폐해진다.
헐벗은 북북서풍에
허리까지 묻혀 있는 마을 하나가
나의 대뇌 속에 문득 와 머문다.

—〈新春詩〉 동인지 19집 · 69년

밤의 핵

앞머리를 다듬어 본다
조금씩 잘라야 망치지 않는다던데
낮에는 그게 된다
앞만 자르려 했지만
어디서 튀어나온 기생식물인지
사선의 마음을 가진 거울과 마주한다
문제는 밤이다

모든 스스로 해야 하는 밤에
머리를 자르면 안 된다는 걸
낮이 알고 뒤통수는 모르지
나는 균형을 맞추기 위해
어둠 속에서 깊은 양팔을 벌린다
중심을 위로 올리는
나는 하얀 머리통
가지를 뻗어 내려는 거다

누구는 미래를 기다리며 어둠을 삼키지만
혀에 걸리는 털실들로 밤새 기침을 한다
밤의 죄를 뒤집어쓴 친구들이
밤 한가운데 은유 없는 가위를 드는 건
밤을 밤으로 지내기 위해서다
밤이 밤에 있다는 걸, 밤은 밤이라는 걸
그래서 밤은 하얗다는 걸 알기 위해서다

나의 感氣

온몸에豫感의비늘이돋는다.
살가죽의숨구멍마다極寒이와닿는다.
그리고빠져나간다.
몇알의아스피린을복용하고
나의이마에
조심스럽게자라나는하나님의
經驗을열두번못질하고
바짝조인언어의속살에못질하고
몸져누워있는한낮의集中을얽어맨다.
깨어있는六感마다첫서리내리듯
흰그을음이앉는다.
나의官能에와닿는무분별,
나는그익숙한구멍마다사납게
박힌다.
길잘들인燈皮의
내밀한어스름처럼축축한미열이
모래톱처럼내면에깔려지고

반짝이는文章의갈피마다

純粹의낱자가달아나고

옆구리에머문시간의통증을몰래털어낸다.

서툴게三冬을털어내고기웃거리다가

며칠간의무거운身熱을

방속의아랫목에풀어놓고

시간의관절을묶어놓고

은종이같이가볍게말려있는호흡기障害를

하나씩꿰매고

온몸에풀어진彈力의태엽을감는다.

—〈新春詩〉동인지 16집 · 69년

나의 감기

안은숙

당신이 숨을 내려놓은 날
칼바람이 불었습니다
내 심장은 찔리고
몸엔 몸살꽃이 돋아났습니다
당신이 꿈에 불같이 찾아와
앓던 며칠을 살려 내고

바깥은
온통 소란(騷亂)의 봄날,
봄볕에 산수유가 재채기하듯
노랗게 튀겨지고 있었습니다
만일 저 태양의 온도가
성화(聖火)라면
이 계절이 다 끝나도록
꺼지지 않을 것입니다
나무마다 빨간 열매가 주렁주렁
목에 메달처럼 걸릴 것입니다

시각의 나사 속에서

나는 시계를 고치는
수리공이어요.
날마다 몇장의 지폐로 바뀌는 처세를
고장난 분침의 내장 속에 끼워두고
시간의 목이 달아난 사람들의,
생활의 안쪽을 하나씩 뜯어내어요.
그때마다 쇠약해진 뇌리의 시각 사이를
나는 추처럼 뛰어다녀요.
떨어져 나간 언어의 잔뼈마다
의식의 핀을 꽂고
개인의 균형을 비끌어매어요.
나의 바른쪽 눈알에
정확히 들어와 앉아있는 나사의 구조를
비집고, 비틀거리며 나가는 그의 질서
조그만 집과 아내를 가진 그의 골목은 기울고
류마치스를 앓는 그의 가구 속에는
부러진 언어의 내출혈

죽은 기억의 모래

망가진 우상의 악몽

지쳐있는 박테리아의 병상이 뒹굴고

내 눈에 확대되어 있는 그의 공동 속에서 나는

아직 획득되지 못한 노동의 일부를 집어내어요.

톱니바퀴의 관절마다 23.5도로 매달린

그의 일상의 규격을

나는 남몰래 플라스틱 영혼으로 갈아 끼워요.

그러나 당신의 공복은 갈아끼우지 못해요.

건조한 일상의

어떤 7포인트 시력의 독서중에

늘 보는 꿈의 일부가

나의 등 뒤에 돌아와 눕는 시각에

알 수 없는 어둠의 나사는

조금씩 나의 공동을 죄고 있어요.

—〈月刊文學〉 69년 5월호

시각의 나사 속에서

조항록

—나는 시계를 고치는 수리공이어요.*

오늘도 나는 시간을 포식했어요
어쩌면 시간이 나를 포식했는지 모르겠네요
사납게 잡아먹든 그냥 배불리 먹든

슬픔이 시시각각 시간을 만들어 냈어요
내 눈 안의 슬픔은 운명이기도 해요
시간을 고치는 시계 수리공은 세상에 없지요
그래서 슬픔이, 슬픔이 째깍거리나 봐요

시간은 결코 소멸을 향해 달려가지 않아요
시간은 조금씩 나를 지워 낼 뿐이지요
이제 사랑이 보이지 않네요, 용서가 보이지 않네요
나의 눈에 슬픔이 들어앉으면
환멸과 멸시 사이를 시계추처럼 오갈 뿐이에요

슬픔의 초침이 자꾸만 생활의 분침을 덮쳐요
슬픔의 초침은 끝내

생활보다 느린 나의 생애를 혼란에 빠뜨리지요

정오가 되면, 문득 아무것도 되고 싶지 않을 거예요
다시 자정이 되면, 누구도 그리워하지 않겠지요

슬픔의 나사를 풀고 또 조여 본들
운명을 고치는 시계 수리공은 세상에 없어요
내가 바라보는 모든 질서와 구조는
아무 미련 없이 시간을 집어삼킬 뿐이에요
날마다 어제와 닮은 슬픔의 주석을 달아 놓아요

시간은 먹어도 먹어도 배부르지 않은 형벌이에요
슬픔은 마르지 않는 샘물 같지요
내가 들여다보는 한 생애가, 여울처럼 맴돌아요

---

* 김종철 시인 작품 〈시각의 나사 속에서〉 중.

비

나무들이
발바닥을 드러내고 걸어다닌다.
陰性을 갖는 낱말의
발목 관절이 쑤셔온다.
안경 속에 쪼그리고 앉아있는
시간의 눈을 닦는다.
붉은 벽돌이 등을 떨면서
내 눈에 떨어진 뒤,
의식의 원자들 틈에 나는
분해되어 끝없이 하강한다.
시간의 핵이 거리마다
달음박질치고
일상의 왼쪽 손목에
돌고 있는 세개의 外國産 철침을 끌어내고
웅성이는 전화 번호 책의 활자,
빈 食器가 부딪는 흰 음향이
들끓는 빛의 살 속에

그 무게로 가라앉는다.

살아있는 것들의 율동 속에서.

—〈新春詩〉동인지 17집 · 69년

비

김춘리

비 올 확률이 두리번거린다
비누 거품을 묻힌 이마에서는 미열이 났다

미열을 끓여 커피를 내린다
누군가 물방울을 쥐어짜면 천장에선 누수가 시작되었다
그건, 물이 집 안으로 들어와
지붕이 되려는 일이다

번제물과 하늘은 천적 사이다
아이들은 일어서고
어른들은 뛴다
누수는 하늘이 인간에게 내리는 번제물
비는 뿔의 방식으로 자란다
우산을 뿔의 모양으로 볼 수 있는 곳은 한 곳뿐이므로
비는 한동안 신을 대신했다

비와 지붕의 간격에서

기상캐스터가 화장을 고친다
지붕들이 최초의 대비책이라면
최초의 재앙은 신이 만들어 냈을 것이다

살면서 우산을 몇 개나 잃어버렸을까
몇 개의 대비책과
느닷없음을 잃어버린 걸까

사실, 비는 왕복 현상이다

그러므로 오늘은 아무렇게나 흐르기로 했다
오랫동안 흘렀지만 고이지 못했다
스며들지 못해서 따라 가기로 했다

나의 잠

뜰에 나가 삽으로 밤 안개를 퍼내었다.
간밤의 불가해한 象形文字도 기어나와
집집의 안보이는 內分泌線을 적시고
늘 보는 꿈의 눈까풀에까지 매어 달렸다.
어둠에서 어둠으로 통하는 나의 惡夢은
십사관 오백근의 무게가 나간다.
골목에 빠져있는 일상은
보이지 않는 경험의 耳目口鼻에
밤이 되어 드러눕는다.
이천피이트의 子正, 내 꿈의 천장에
하나씩 작은 빗방울로 맺혀
온 집안을 가라앉히고
하나의 빗방울마다
수천의 우산이 웅성이며 걸어나와
잠의 마룻바닥을 삐걱거린다.
하루의 죽음 위에는
金 銀 銅 鐵 木 石으로 만든

거리의 작은 神들이 거닐고
풀어놓은 의식의 어디에나
어두운 삽질소리에
뼈만 남은 절망이 불을 밝히고
불면에 타다 남은 새까만 자정을
잠든 都市의 하반신에
가득가득 채웠다.
밤새도록 어금니가 빠진 꿈의 空洞을 밟고
밤 두세時의 갖가지 도둑이
나의 중추신경을 잡아당기며
떼를 지어 내려가는 것을 나는 보았다.

―〈現代詩學〉 69년 9월호

나의 잠

거실 넓은 집은 뒤꿈치를 든 햇살이 거닌다고 한다
옛 책 안에 누운 눅눅한 바람과 작별할 때가 됐다
이사를 위해 책과 책 사이의 인연은 수거하지 않았다
태어나서 죽는 날까지 분리되는 일이어서
배 속에 몽글대는 것을 두고 잠이 들었다

자취방에서도 창문만 한 서울은 소유하고 살았다
사자가 쇠고리를 앙다문 철문은 나이가 많았고
함부로 닫히는 소리가 들리지 않아 좋았다
각오나 다짐 같은 것이 사는 마을은 쳐다보지 않았다
우리는 저마다의 형편을 편애했다

사람들의 퇴근 버스에서 시를 줍고 다녔다
별수 없이 흔들리는 손잡이에 매달린 채
흔들리면서 흔들리지 않으려는 마음을 수집했다
사람을 읽고 나면 낱장 빠진 책들은 나를 이해해 줬다
책장에 둘러싸인 방에서 확장되는 우주를 끄적였다

우리는 각자의 겨울을 꺼내 읊곤 했다
젖은 것들을 베란다에 널어 두고 말리면
뾰족한 언어를 가진 선인장은 아프게 현학적이었다
얻어 온 열대어에게 뜨거운 노래를 먹였고
언어로 지은 집 셋방에 놓인 비밀을 살았다

언어를 입은 서울의 버짐이 노트에 번지면
고드름을 거느린 사연들을 컴퓨터에 옮기곤 했다
봄에 꺼내 기다림을 아는 바람에 읽히고 싶었다
뉴스를 켜면 별 없는 사람의 하늘이 캄캄하게 다채로웠다

알람이 나의 잠과 남의 삶의 간극을 재며 운다
수거되지 않을 인연이 이불 안에서 옴질거린다
늙은 시집을 건너다 누군가는 지금도 사이렌처럼 울고
거실 없는 집에 살던 습도와 분리될 수 없다는 것

영원히 꽉 닫히지 않을 철문을 안고 이사한다는 것

處女出航

그날 밤
二十五歲의 고용 수부인 나는
길 잘들은 燈皮를 닦아들고
조타실의 상황을 몇번인가 익히고
늘 바지 단추 구멍마다 착실히 끼워 두웠던
네개의 순결을 확신하고
그 여자의 妙齡의 슈미즈를
처음으로 벗겼다.
깨어있지 않은 온전한 바다 하나가
나의 등뒤에 돌아누웠다.
깊어있는 의식의 中絶에
소금기가 서걱이는 그 여자의 밤이
바다의 흰 뼈를 드러내고 거슬러 올랐다.
나는 頑强한 침묵이었다.
선잠 깬 바다의 사나이들은
간혹 마른 기침을 하기도 하고
파도의 흰 손톱이 돋아 나 있는

젖은 言語의 모랫벌 위에
유년의 童貞을
서너 가마니씩 운반하였다.
그 여자가 갖는 航海標識마다
캄캄한 母音의 바다가 하나씩 陰刻되었다.
조심스런 항해일지에
발가벗은 어휘들의 피가
흘러내리었고
오오, 나는 헤매었다.
그 여자의 돌아누운 海圖 위에
덧난 시간이 그 여자의 허리를 안고 뒤척이었다.
그날 바다는
고장난 나침반을 안고 깊이 가라앉았다.

—⟨現代詩學⟩ 69년 9월호

바닷가 벼랑길에 살던 내 친구는 열일곱에 배를 몰고 나갔다네

폭풍주의보 날 아버지의 배를 타고 물고기 울음 들으러 갔다네

산란기 앞둔 암수들은 서로를 부르며 애절히 운다는데 어부들은 대롱 같은 대나무 집어넣어 그 울음 쫓는다는데

물속에도 언덕과 골짜기가 있고, 산과 마을이 있어 해초가 무리를 이룬 꽃밭에 알 낳으러 먼바다 수심 깊은 물고기들이 연안으로 몰려온다는데

누구에게나 인기가 좋아 열일곱에 이미 수 명의 여자와 잠자리를 같이 했고, 수영을 잘하여 물개라는 별명으로 불리던 내 친구는

인생의 첫 배를 몰고 나간 날 다시 돌아오지 않았다네

잘생긴 물고기 잡아 회를 떠서 얇게 저며진 어둠의 맛, 보는 밤

긴 머리카락으로 가슴을 쓸어 주는 안개

무지갯빛 스며드는 빛의 굴절과 파장으로 기억되는 환호성이
한숨으로 자리 잡은 내 친구의 부모는

아린 상처에서 떨어지는 핏방울처럼

벼랑 가는 길에 피어난 붉은 꽃 한 송이 가만 불러 본다네

바다 변주곡

해풍의 머리카락을 날리며
바다로 떠난 사내들의
신앙을 기다리며
집집마다 바다 꿈을 꾸는
여인들의 눈썹은 더욱 짙어진다
이미 여러번 떠난 바다 사나이와
그들의 해신이 오래오래 돌아오지 않는다
모든 시간은 바다로 뛰어들고
한나절 그물코를 깁던 손들의 꿈이
한 장의 마후라를 두르고
겁많은 바다새의 얕은 잠을 돌아서
흰 눈발이 내린다

그날 사나이의 뒤척이는 이물 위로
검은 운명이 뛰어오르고
시린 밤바다는
흰뼈의 달빛을 한배 가득 싣고

잠든 여인의 흰 꿈 위에 불쑥 떠올랐다
물에 빠진 오필리어의 관능 속으로
해묵은 육지인의 정결한 뼈가 서서히 가라앉을 때
보이는 것은 바다뿐
아무도 물의 진실을 말하지 않았다

서걱이는 척추의 겨울은
멀리 빠진 죽은 언어의 썰물 위에
돌아눕고
벌거벗은 겨울 사나이의 바다에
부풀어 터진 흉터자국이 퍼렇게 떠돌고
파도가 일어서고
밤마다 죽은 혼들이
바다 깊숙이 떨어진
캄캄한 해를 하나씩 건져 올리고
오오, 죽음의 키바퀴는 돌아가고
익사한 바다의 사나이들은 잠들지 못한다

그날 사나이의 가슴속에 간직된
온전한 바다 하나가
상어떼에 희게 뜯겨 있었다
바다새의

깃털을 뜯어놓은 바다
매일밤 부서진 바다의 폐허가
사나이의 사랑과 믿음의 전부를 움켜잡고
홀로 남은 집을 지키고
깊고 황량한 꿈들이 찍혀 넘어가고

퍼어렇게 찍혀 넘어간
절망의 바다에
처음과 끝의 믿음이 꺾어지고
메마른 겨울밤 천둥이
두 파도 사이에 가라앉고
노년과 죽음을 모두 다 잃으면서도
바다 사나이는 또 다른 바다로 떠나가고
홀로 남은 여인들은
뱃속에 죽음을 품고
사내들의 미신이 되어 남는다
해풍의 머리카락을 적시며
뜨개질을 하고
바다 꿈을 꾸고……
오필리어의 맑은 꿈이 떠도는 날에
오오, 그 밤마다 나직한 해변 마을에
사나이들의 꿈은 잠들지 못한다

—〈서울신문〉 70년 1월 1일

바다 변주곡

윤진화

아버지, 나도 이제 많이 컸어요.

깊어 가는 가을을 보러 바다에 왔잖아요.

나는 한 잎이어서 정착하지 못했어요. 내가 기댄 것들마다 출렁이는 슬픔을 나눠 줬어요. 슬픔이 슬픔과 부딪힐 때, 맑고 청아한 유리잔이 떠올라요. 아버지가 보셨더라면,

사실, 저는 바다를 다섯 번째 만나요.

지난번에는 윤기 나는 검은 털을 휘날리며 뭍으로 달려오는 바다를 봤어요. 컹컹. 들개처럼 울다가, 모랫바닥에 써 놓은 제 이름만 물고 내치더라고요. 이후에 전 폭풍 가운데 있었어요. 아무 때도 아녔어요. 음침한 골짜기에서 나 혼자서 술을 마시곤 했죠.

아버지, 나도 이제 잘 살아요.

밤마다 꿈꿨던 토끼와 다람쥐가 더 이상 풀만 씹지 않듯이, 지구의 종말을 기다리면서 지루하게 사과를 먹는 법도 배웠어요. 씨를 저 멀리 내뱉을 줄도 알아요. 아! 솜사탕으로 곰, 늑대를 만들어서 내다 팔 줄도 알아요. 아버지가 굴려 주던 오뚝이도 이제

희귀해서 마니아들이 비싸게 사요. 하지만 그것만은 팔지 않을
래요.

저기, 멀리 오랜만에 배가 보여요.

아버지를 싣고 만 리 밖으로 떠났던 바다가, 배를 싣고선 내게
와요. 보이지 않던 배가, 점이 되어, 작은 배가 되어, 큰 배가 되어
오잖아요. 맑고 투명한 배를 향해 손을 흔들어 줬어요. 깊어 가는
눈물을 바다로 흘려보냅니다. 아버지, 이것이 우리의 다섯 번째
붉은 눈물입니다. 곧 나를 싣고 만 리 밖으로 떠날 가을입니다.

打鐘

한밤의 줄을 쥔 그 늙은이의 손은
잠자는 그의 外部의 귀를 열고 있었다.
낡은 十八世紀의 어둠이
서걱이며 와 닿은 塔의 안에서
塔鐘지기의 그 늙은이는 깊은 밤에 깨어
일련의 내란을 안고 그를 두드릴 때마다
그 늙은이의 몸은 靑銅이 되어 울렸다.
밤마다 塔鐘의 거죽으로부터 떠나는
괴로운 變聲의 가련한 새.
은처럼 깊고 고요한 그 늙은이는
까마득한 지하의 迷路에서 잠을 깨우며
그의 안에서 깊은 內患의 줄을 잡아당기며
날마다 天上을 향해 귀를 모았다.
그의 불면은 날마다 길어졌다.
그 늙은이의 몸에서
맨발로 기어오는 모든 것의 의식들이 살아
塔에 배어 돌 동안

탑종은 이미 그의 것이 아니었다.

조용하고 부정할 수 없는 피안을 걸어 두고

저 알 수 없는 해협에서 푸른 종소리로 울고 있는

침몰한 그의 木人들은 모두 달려나와

이야기했다.

제칠일 안식일의 탑종 소리에……

—⟨新春詩⟩ 동인지 13집 · 68년

타종

그해 시월은 재갈을 풀었다

퉁퉁 불어 일그러진 유리병
세 시간마다 우유를 먹어 비대해진 시계
팔삭둥이 배를 북처럼 치는 불경한 손

모서리가 두려웠고
숨은여의 날들이 반복되었다

슬픔을 버릴 곳이 없었다
해거름 들녘으로 달려가 만종의 부부처럼 고개를 숙였다

환도뼈에서 자꾸만 미끄러지는 노을빛 종소리

가난한 초가지붕 같은 저녁이 왔고

고통의 시취로 가득 찬 하루가 피아노 건반이라면

토끼가 되어 명랑명랑 뛰어다닐 텐데

방황을 가장한 관광은
그렇듯 앙가슴이 시리다
수천 년의 거대한 돌무덤을 부둥켜안았다
그들은 모른다
환한 고통이 쓱쓱 베어 가는 바람의 웃음을

누구의 잘못인가
무언가 얻으려면 반드시 잃어야 하는가
가시 세운 물음이 가슴을 치며 종소리로 쏟아졌다

절규는 숨은여
침묵의 무덤은 절규가 안주하기 좋은 곳

병 깊은 떠돎을 허리춤에 꿰차고
봄날의 불쌍한 자세로 옹그리며 잠들었다

새소리가 커튼을 비집고 들어오는
소중한 아침
절규를 베틀 삼아
새소리로 그해 시월을 곱게 자았다

만 갈래 부서진 환도뼈에 쟁여진 바람의 말들
벌거숭이로 나를 내려다보았다

얻은 만큼 아파야지

통증이었던 종소리는
극의 너머, 밀(密)
그럼에도 불구하고 해(解)

사람은 오고

사람은 가고

사람은 다시 꽃피어
사람으로 남는

쌓일수록 가슴 아픈 풍경이 있다

個人的인 問題

나는 이미 알고 있었다네.
죽어 있는 것들의 귀가 열린 깊은 夜半에서
밤의 깊은 觸手가 내려지고
의식의 鐘이 암흑의 空腹 속을 채우며 흔드는 소리를.
이미 나의 靈柩에는 한 사내의
지난 二十二年間의 죽은 여름이 와서 지키고 있는 것을.
떡갈나무 棺 속에 누워있는 永遠의 밑바닥을 밝히며
기어다니는 무수한 의식의 夜光蟲,
밤마다 나는 잃은 草原의 기억을 헤아리며
그것들의 눈과 감촉이 되어 기다렸었네.
四季의 톱질소리가 멈추었고,
먼 잔잔한 초록빛 바다
그리고 여러날의 고요한 消滅과
한 영혼의 內通하지 않은 깊이를 측정하고.
몇개의 덧난 여름을 治熱하며
福音書도 온전히 읽어 보았네.
허나 나의 속에는 아직 타다 남은 몇개의 不眠이 뒹굴며

石炭質의 알 수 없는 問題들 속에서
나는 신음하며 지냈네.
나는 오래도록 나의 안으로 열린 未開地로부터
머물 집을 갖지 못했고
밤마다 내 곁에는
조금씩 소멸하는 사나이들의 夜半이 조여져 있었네.
그때 나는 비로소 한 불우한 젊은 사내의
現身을 보았었네.
迷路에 빠진 그 수척한 얼굴이 나의 생애를
톱질하고 있었다네.
장례식의 鐘이 그의 죽은 청각의 줄에 떨리며 가 닿았을 때
고요를 向해 내려가는 떡갈나무 棺의
거칠은 勞動과 꿈의 침상 속에
그의 時代를 뚜껑 닫는 불면의 못질 소리가
아아, 젊은 우리의 것으로 도처에서 들려왔었네.
나는 밤마다 그의 부름을 받아
아무도 열지 않은 죽은 樂器의 한가운데에서
그의 안식을 켠다네.
고요의 틀속에 누워있는 그 외로운 夜半에서……

—〈新春詩〉동인지 13집 · 68년

개인적인 문제

최은묵

당신은, 바늘이다 황소 뿔이다 숟가락이다 종이에 그린 날개다

바늘은 귀가 부러졌고 황소 뿔은 뭉뚝해졌고 숟가락은 휘어졌고 종이에 그린 날개는 찢어졌고

당신은, 수도꼭지다 자전거다 시계가 아니다

수도꼭지는 녹슬었고 자전거 바퀴는 빠져 버렸고 시계는 거울이 아니고

하루는 일곱 번 웃고 여덟 번 찡그리지
팔뚝에 꽂은 주삿바늘에서 두 개의 날씨가 빠져나간 당신은 조금 가벼워졌고

당신은, 깨어 있을까? 눈을 감으면 당신은 다시 바늘이다 황소 뿔이다 눈을 뜨면 천장 무늬는 지워지고, 이상하다, 밤새 천장에는 시린 숨소리가 달라붙고

뒤통수에 기어다니는 동물의 꼬리처럼 어제가 간지럽다 수도꼭지에서 물이 떨어진다, 쿵쿵, 주삿바늘에서 새벽이 새어 나간다

당신은, 종이에 그린 아침이다, 시계가 없는, 밤에는, 머리카락이 혼자 자라는 밤에는

내가 당신이다, 나는 하룻밤에 일곱 번 깨고 어느 날은 여덟 번 깨고, 깰 때마다 뒤통수가 가려워서, 목덜미에서 꼬리가 자라고, 수돗물 소리가 고장 난, 밤에는

왜 자야만 할까?

나는, 하현달이다 동지 지나 나흘째다 꼬리로 목을 덮고 여섯 번째 웃는 중이다

歸家

그날밤에도 깊고 고요한 通行의 한때를 밟으며
나의 內界로 잠기는 어두운 행적을 듣고 있었다.
회중전등이 밤의 귀로를 더듬어 갈 때
호젓한 나의 보행들은 홀연한 圓光의 안내를 받았고
밤 이슬에 젖은 나의 鑑識眼은
밑 모를 깊이의 방향에 걸려 아무도 내다보지 않는
현관 층계에서 간밤에 떨어뜨린 豫感을 찾았다.
그때 내 왼쪽 손목에선 스물 세시 사십분이 빛나고
꿈의 통로에서 나를 반쯤 짊어지고 歸家하는
그 확신의 불빛 안으로 한 사내는 물러나 있었고
의식의 틈사이로 下廻하는 電光의 한끝,
그 속의 나는 한 사내의 침울한 問題를 지켜보았었다.
하루를 건너는 개인의 어두운 시절에
의식 바깥의 모든 집념이 나의 오른손 회중전등으로 기
어와
내 말없는 밤의 가장 어두운 認識을 비칠 때
한 사내의 침해당한 비밀이

누설되어 비쳤고

그때 나는 알지 못하는

한줄기 획득 사이로 인도되고 있었다.

밤마다 나의 우울했던 自由가

피로한 夜營의 둘레에 集約되어 헤매고 있었을 때

내가 갖는 이웃의 住宅마다

不眠의 커어튼이 드리워 있었고

그것들의 잠잠한 고요 가운데 날마다 그 시각에

만날 수 있는 이들의 夜會가 머물고 있었다.

그 속에 흐느끼는 많은 사람의 헤아릴 수 없는 침묵의 語

彙가

나의 안으로 침전되어 왔었고 그날밤에도 나는

그것들의 깊고 고요한 通行의 한때를 밟으며 걸어 가고

있었다.

—〈新春詩〉 동인지 13집 · 68년

귀가

사람 人자 대열의 기러기
시린 공중을
시옷 시옷 헤쳐 간다

살 궁리로 밖에 나가
공활한 하늘 비치는 마을 저수지 한 번, 깊이 쳐다보며
사람의 끝에
겨우 매달려 살던 기억을 죄다 맡겨 놓듯 파묻어 두었다가

산그늘 잠기는
다 저녁때서야 간신히 건져 내듯
되찾아 온다

公衆電話

날마다 어두운 母音의 저편에서
거래하는 話題를 나는 엿듣는다.
홀로 생활을 계속하는 사람의
행방의 깊이를 측정하는 청각의 줄에 닿아서
일상의 男子들과 女子들이 참여하는 내용은
나의 의식의 맨 끝에서 빙글빙글 돌며 섰고
때로는 나의 感性의 긴 줄에 누전되어
나의 전신을 마비시켜 버리지만
저 깊은 나락을 향하여 이끄는
스물 두개 프리즘을 통과하는 무서운 謀議가
말사스時代의 기관지염으로 나를 고생하게 한다.
아직 떠나지 않은 회화의 내면을 기어다니는
거리의 空腹과 기침이
조용한 나의 예감에 무게를 실리고 내려앉는다.
나는 물체의 모양만 남은 여러 乘客들과
붐비는 뻐스에 十五貫을 下廻하는 체중을 실리고
돌아오는 나의 認識이 그것들의 귀를 열게 한다.

내가 채 못 더듬은 불과 二割 내지 三割의 질서 밖에서

개인의 通行의 한 때를 일깨울 때

홀로 생활을 계속하는 사람은 피곤한 행방의 이마를 짚고

다른 어떤 內約의 뒷편에서

그의 먼 探索의 수화기를 올리고

내 일상에 연결된 일대의 고요를 엿듣고 있을 것이다.

—〈新春詩〉 동인지 14집 · 68년

공중전화

휘민

기관지 절개 후 목소리를 잃어버린 그가
허공을 향해 안간힘을 쏟아 낸다
순하고 둥근 모음들이 병상에 가득하지만
아내는 그가 뱉어 낸 말들을 보지 못한다

음가를 갖지 못한 낱글자들이
검은 날개를 퍼덕거리며 날아오른다

아내가 그의 입 모양을 흉내 내며
커다란 목소리로 말을 따라 해 보지만
반향어도 없이 통신선이 뒤엉킨다

그의 동공이 천장에 머무는 동안 아내는 물끄러미 창밖을 바
라본다
날마다 반복되는 일이다

이곳에서 침묵은 소리의 또 다른 형식

한 번은 삶이고 한 번은 죽음인 시소게임
그 사이를 수많은 관을 매달고 기계음이 건너간다

석양이 드리우자 도심을 활강하던 떼까마귀들이
병원 근처 전깃줄에 빼곡히 내려앉는다

갈 곳을 잃어버린 말들이 되돌아온다
하나이며 모두인 거대한 기호가
울음도 아니고 노래도 아닌 기척들이
공중에 가득하다

저주의 질문이
사랑의 둔주곡이
될 때까지

이숭원(문학평론가, 서울여자대학교 명예교수)

1. 김종철 시집 《서울의 유서》

김종철 시인의 첫 시집 《서울의 유서(遺書)》는 1975년 5월에 간행되었다. 이 시집에는 8년 동안 발표한 40편의 작품이 수록되어 있다. 첫 시집을 간행하는 자리라 그런지 시집의 서문에 비장함이 가득하다. 그는 이제 비로소 '질문'을 할 수 있게 되었다고 하면서 질문의 목록으로 "이별, 병, 눈물, 파탄, 환멸" 등을 열거했다. 모두 어두운 감정들이다. 이에 관한 질문을 통해 시인은 자기를 극복해 가는 힘을 얻었다고 했다. 그는 저주에 가까운 이 부정적 감정의 언어들을 너무나 사랑한다고 고백했다. 시에 대한 절대 사랑을 토로한 것이다. 그리고 세상의 손을 놓을 때까지 시를 쓰겠다고 선언했다. 김종철 시인은 "죽을 때까지 詩를 위해서 일할 수 있는 '손'을 가지고 있음을 확신한다"라는 말로 서문을 끝맺었다. 그의 생애로 보면 빈한한 집안의 막내로 태어나 부호의 자리에 오른 변화의 삶 속에서, 중병의 와중에도 끝까지 시를 쓰고 시인으로 남으려 했으니, 서문에서 한 약속을 충실히 이행한 것이다.

그의 시인으로서 출발은 1968년 《한국일보》 신춘문예에 〈재봉(裁縫)〉이 당선됨으로써 이루어졌다. 이 시는 김종철 시인의 조숙한 상상력의 일단을 잘 보여 주는 작품이다. 이때 그는 스물한 살의 문학청년으로 온몸이 터져나갈 정도의 젊음을 누리고 있던 시절이었다. 당시 시인은 난동(暖冬)의 빨간 열매가 수실로 뜨이는 겨울날 아내의 재봉 일을 엿듣고 있다고 했고, 회잉(懷孕)의 고요 안에 아직 태어나지 않은 알몸의 아이들이 눈부신 장밋빛 몸을 굴리며 노래한다고 서술했다. 그야말로 조숙한 천재의 비범한 등장에 사람들은 놀라며 이 시에 담긴 경건한 아름다움에 경이감을 느꼈다.

이 시 다음에 발표한 작품이 〈초청(招請)〉(《한국일보》, 1968. 2. 18.)이다. 등단한 《한국일보》의 원고 청탁으로 발표한 작품이었을 것이다. 등단작 〈재봉〉과 어조와 정서가 연결되는 작품으로 내밀한 정서가 고요한 조응을 이루는 특징을 보인다. 여기 나오는 아내는 '십삼 회기(回忌)'를 맞는 것으로 나온다. 아내가 떠난 지 13년이 되었다는 뜻이다. 21세의 청년 시인이, 죽은 아내를 잊지 못하여 13년간 제사를 지내는 상황을 상상하여 재구성한 것이니, 이것은 참으로 놀라운 발상이다. 시인은 이 시에서도 성서적 경건함을 환기하여 신성함의 아우라를 조성한다. 화자는 자신이 지닌 사랑의 환상 공간에서, 어둠 속에서도 깨어 있는 신의 소리를 엿들으며 누군가를 기다리고 있다. 그리고 아내의 모

습을 잊지 못한 채 하얗게 삭아 가는 암울한 겨울에 절대적 소멸
과 세상과의 단절을 자신의 운명으로 받아들인다. 그러면서도
침묵과 소멸로 응결된 자신의 외로운 집을 방문해 달라고 요청
한다. 존재의 비극에 바탕을 둔, 참으로 애절하고 고결한 정념의
시다.

경건한 아름다움의 표현은 이 두 시로 종언을 고한다. 이후 그
의 시는 암울한 시대 상황을 표현하는 어둡고 우울한 시로 질주
한다. 〈초청〉으로부터 1년 남짓 시간이 흐른 후 발표한 〈나의 암
(癌)〉(《사상계》, 1969. 8.)은 그를 죽음으로 몬 병명을 떠올릴 정도
로 제목이 불길하다. 첫 행이 "한 무리의 미친 개떼들이/나의 일
상의 사나운 공허를 물어뜯고 있다."로 시작하여 "매일 일톤짜
리 파멸이/나의 視力을 완강하게 비끌어매고 있다."로 끝난다.
시집의 표제작 〈서울의 유서〉(《현대문학》, 1970. 8.) 역시 1970년
대 초반의 암울한 시대 상황을 압축적으로 드러내고 있다. 이 시
는 당시의 시대 상황과 젊은 시인의 암담한 의식을 다층적으로
엮어 냈다. 이와 유사한 주제의 작품이 〈서울 둔주곡(遁走曲)〉(《월
간문학》, 1970. 7.)과 〈서울의 불임(不姙)〉(《중앙일보》, 1973. 5. 30.)
이다. 다양한 질병의 이름을 빌려 '서울'로 대변되는 도시 문명의
패악을 비판한 이 세 편의 작품 중 〈서울의 유서〉가 가장 주제가
뚜렷하고 집약적이다.

이 시에 담긴 현실 인식은 지금 읽어도 짜릿한 전율을 느끼게
한다. 첫 행부터 "서울은 肺를 앓고 있다"는 직선적인 명제로 현
실의 비정상성을 선언적으로 표현했다. "양심의 밑둥을 찍어 넘

기고", "몇장의 지폐에 시달린 소시민의 운명" 같은 구절로 소시 민의 낭패한 좌절감을 드러냈고, "목마른 자유를/우리들의 일생의 도둑들은 다투어 훔쳐 갔다"에서 자유가 억압된 현실 상황을 직접적으로 비판했다. '서울의 유서'라는 극단적 제목은 시민들이 살고 있는 공간이 병들어 죽음을 앞두고 있다는 사실을 의미한다. 서울 시민 전체가 심각한 병에 시달리고 있고 울음과 신음을 토해 내고 있는데, 그 원인이 물신 숭배적 현실과 자유의 억압에 있다는 진단이다. 이러한 문맥을 통해 이 시가 선명한 현실 의식을 표출하고 있음을 확인할 수 있다. 20대 중반의 김종철 시인은 사회 현실에 대한 저항 의식을 선명하게 표현했다. 이런 유형의 작품을 대거 수록하고 있는《서울의 유서》는 그런 점에서 현실 비판 참여시의 선두에 선 작품집이라고 말할 수 있다.

김종철은 1970년 3월에 군에 입대하여 1971년에 베트남 전쟁에 자원 참전했다. 그는 이 체험을 살려 다수의 베트남 참전 소재를 동원해 매우 특색 있는 작품들을 발표했다. 시집 맨 앞에 배치된 〈죽음의 둔주곡(遁走曲)〉은 아홉 편의 작품으로 이루어진 200행에 이르는 장시로 그의 야심작이라 할 수 있다. 이 작품을 선두로 하고 〈베트남의 칠행시(七行詩)〉, 〈닥터·밀러에게〉, 〈죽은 산에 관한 산문(散文)〉, 〈소품〉, 〈병(病)〉 등 베트남 참전 경험을 담은 시들을 배치했다. 이 작품들은 베트남 참전 시의 선구적인 자리에 놓인다고 평가할 수 있다.

말년에 이 시기를 회고한 작품에 의하면, 시인은 전쟁 중 야전병원과 의무 중대의 위생병으로 근무하면서 〈죽음의 둔주곡〉 초고를 기록했다고 적었다. 이들 작품은 전쟁의 잔혹성과 비정함, 전쟁에 처한 인간의 공포감, 죽음에 따른 폐허 의식 등을 다채로운 시상으로 펼쳐 냈다. 〈베트남의 칠행시〉에는 "가슴구멍에 알맞게 들어와 떨고 있는/낯선 운명과 숲과 소나기와 진흙/그대의 잔과 접시에 고인 정신의 피/만남과 만남 사이에 죽음의 아이들은/서너 마리의 들개를 몰고 내려온다." 같은 구절로 전쟁의 위기감과 그것이 내포한 비인간성, 대결과 죽음이 남긴 내면의 상처를 형상화하고 있다.

〈죽음의 둔주곡〉은 "나는 베트남에 가서 인간의 신음소리를 더 똑똑히 들었다"라는 부제를 달고 있다. 그의 심정을 솔직하게 표현한 말일 것이다. 이 시가 발표된 1973년 3월은 미국과 북베트남의 휴전 협정으로 한국군의 월남 철수가 거의 종료된 시점이다. 월남 파병 당시부터 참전 반대 여론이 컸고, 미군과 한국군 전면 철수를 전후로 비판 여론이 확대되는 시기였기 때문에, 이러한 작품의 발표는 상당히 부담스러운 일이었다. 1973년 살벌한 유신 체제 정국에서 베트남 참전을 소재로 한 장시를 발표하면서 "인간의 신음소리를 더 똑똑히 들었다"라는 선언적 부제를 내세우는 것은 웬만해서는 실행하기 어려운 일이었다. 그런데 김종철 시인은 그런 대담한 문자 행위를 담대히 실천했다. 시인은 전쟁에 대한 개인적 상처를 드러내는 데 머물지 않고 거기함께 참여한 병사들의 공동체적 의식을 대변했다. 젊은 나이에 체험한 전쟁과 그로 인한 전우들의 죽음이 그에게 마음의 상처로 남았고, 내면의 변형 속에서 시 창작의 질료로 작용했음을 알

수 있다.

시집 수록 작품을 통해 확인되는 중요한 사실은 전쟁 참여 전 작품의 주제가 이후 작품의 주제로 연결된다는 점이다. 전쟁 참여 전에 발표한 〈서울 둔주곡(遁走曲)〉(《월간문학》, 1970. 7.)이 〈죽음의 둔주곡〉(《시문학》, 1973. 3.)으로 변주되고, 〈서울의 유서〉(《현대문학》, 1970. 8.)가 〈닥터·밀러에게〉(《한국일보》, 1972.)와 〈죽은 산에 관한 산문〉(《심상》, 1974. 1.)으로 변주된다. 이를 통해 전쟁 체험이 참전한 군인들에게 어떠한 심리적 중압감과 절망감을 부과했는가를 비교·고찰할 수 있다. 〈서울의 유서〉의 "서울은 肺를 앓고 있다"는 선언적인 명제가 〈죽음의 둔주곡〉에서 "나는 베트남에 가서 인간의 신음소리를 더 똑똑히 들었다"로 바뀐 것만 보아도 의식의 변화를 충분히 감지할 수 있다. 이러한 의식의 변화를 실증적으로 파악할 수 있다는 점도 이 시집의 중요한 특징을 이룬다.

김종철 시인이 40대를 넘어서면서 '못'의 존재론적 탐구에 전념한 점은 모르는 사람이 없다. 그런데 이 시기 그의 초기작들에 못의 표상과 연관된 시적 표현들이 많이 나온다는 사실을 주목할 필요가 있다. 요컨대 못 시편의 씨앗이 초기 시에 잠복해 있었던 것이다. 김종철 시인의 못의 주제 탐구가 어느 날 문득 솟아난 것이 아니라 그의 초기 작품에 이미 그 싹이 조용하게 자라고 있었음을 알 수 있다. 예를 들어 〈야성(野性)〉에 "온 집안의 황폐한 持病들은/어둠 저쪽에서 못질된/몇 개의 본질 위에 골격을 드러내고"라는 구절이 나온다. 못질 되어 단단히 박힌 눈물 위에 집안의 황폐한 지병이 어둠 속에 골격을 드러낸다는 뜻이다. 움직이지 못하게 결속된 눈물이 집안의 운명이라는 사실을 강조하기 위해 못의 이미지를 이용한 것이다. 〈겨울 변신기(變身記)〉에는 "파랗게 떨고 있는 당신의 지난 상처의 空洞을 못질하고/잘 손질된 銀貨의 세례를 쩔렁이며/매일밤 유다처럼 한잔의 포도주로 목젖을 식히고/목매다는 시늉을 했다."라는 구절이 나온다. 당신의 괴로움과 상처를 잘 알면서도 그것을 해소하지 못하고 유다처럼 자책과 자학의 행동만 되풀이했다는 뜻이다. 여기서도 못은 과거의 상처가 마음 깊은 곳에 단단히 박혀 있음을 나타내는 비유적 이미지로 설정되어 있다. 못의 이미지는 이 두 편의 작품만이 아니라 그의 초기 시 여러 편에 다양한 형상으로 분산되어 나타난다.

못과 함께 그의 평생 시작에 걸쳐 중요한 상징적 의미로 등장하는 존재가 '어머니'다. 어머니는 그의 창작과 생활, 그의 삶 전반에 걸쳐 지속적인 영향력과 견인력을 행사한 상징적 존재다. 어머니의 형상도 그의 초기 시부터 뚜렷이 모습을 드러낸다. 베트남 전장으로 떠나는 젊은이들의 비통한 이별 장면을 형상화한 〈죽음의 둔주곡〉 3곡에서 뼈아픈 이별의 대상으로 떠오른 존재가 어머니다. 여기서 어머니는 혀끝을 안타깝게 치며 눈물짓는 모습을 보이지만, 이별을 피할 수 없는 운명으로 받아들이면서 막내아들을 바다로 밀어 보내는 의연한 모성의 모습도 보인다. 그리고 〈죽음의 둔주곡〉 8곡에 가면 광야에서 돌아온 막내를 끌어안는 구원의 대상으로 등장한다.

그 어머니가 도회적 일상의 비애 속에 호출될 때는 〈금요일(金曜日) 아침〉에서 종교적 색채를 띠고 나타난다. 8년간의 서울 생활에서 인내력의 한계에 봉착한 시인은 어느 금요일 아침 그만 눈물을 흘리고 말았다. 그때 떠오른 존재가 바로 어머니다. 자신의 시련은 어머니가 가꾸어 온 들판을 마르게 했고, 좌절의 배반감에 사로잡혀 어머니 품에 다시 안기지 못할 지경이 되었다. 이러한 자멸(自滅)의 의식은 어머니에게도 상실감을 안겨 주었다. 화자는 비통한 심정을 스스로 추스르고 발판을 디뎌 다시 일어나 한 번 더 자신의 길을 걸으려 한다. 그것은 어머니의 들판을 새로이 풍성하게 하고 어머니의 품에 안기려는 분투의 노력이다. 이 시의 "金曜日 아침"과 "열세 켤레"라는 말에는 기독교의 상징이 연결되어 있다. 이것은 기독교적 불길함의 상징이다. 시인은 자기 삶이 행복하지 못하리라는 선험적 예감을 품고 있는데, 그 의식은 다시 어머니라는 존재와 연결된다. 어머니는 삶의 불행함에서 자신을 지켜 주는 상징적 존재이고 그 존재는 종교적 경건함으로 승화된다. 자신의 불행을 부정적인 언어로 표현하면서도 종교적 경건성과 어머니의 사랑으로 그것을 극복하고자 하는 내면의 안간힘을 감지할 수 있다.

그의 사회생활이 지속되면서 시작의 후기 단계로 갈수록 어머니의 종교적 경건성은 더 강화된다. 그만큼 어머니는 그의 삶과 문학에 아주 중요한 상징적 의미로 작동한다. 그러한 어머니의 상징적 요소가 그의 초기 작품에 이미 잠재해 있는 것이다. 요컨대 '못'과 '어머니'라는, 그가 쓴 시의 중요한 상징 표상이 첫 시집의 시편에 내밀하게 자리 잡고 있음을 확인할 수 있다. 이로써 못과 어머니는 김종철 시인이 지닌 시 의식의 향방과 지향을 알려 주는 상징의 지표가 된다.

2. 부정적 삶의 인식

《서울의 유서》에 수록된 작품의 제목을 표제로 내세워 시인들이 자유롭게 쓴 40편의 시는, 김종철 시와 연관된 것도 있고 그렇지 않은 것도 있다. 10주기를 추모하는 뜻의 시집이기는 하지만 의미의 제약을 두지 않은 채, 제목만 건네고 자유롭게 구성하도록 했기 때문에 각 시인의 독자적 사유가 담긴 작품이 많다. 어차피 40편의 시를 다 거론할 수는 없으므로 《서울의 유서》의 시적 특징을 중심으로 작품을 감상할 수밖에 없다. 《서울의 유서》가 현실의 부정적 상황과 상처 입은 자아의 고통을 주로 표현하고 있으니, 일차적으로 삶의 부정적 측면을 다룬 시들을 살펴보고 그다음에 부정적 상황 속에 담긴 인식의 새로움이나 삶에 대한 성찰을 추출하여 거론해 보고자 한다.

하린의 〈베트남의 칠행시〉는 김종철 시인의 해당 작품을 읽고 원작에 담긴 의식을 2024년, 현재 상황으로 치환하여 작품을 구성했다. 작품을 정독하고 현실 상황을 탐구하여 시를 쓴 점에서 시인의 성실한 자세를 한눈에 알아볼 수 있다. 시인은 착상의 출발을 '지구본'이란 단어에 두었다. '지구본'은 '지구를 본떠 만든 모형'을 말한다. '본(本)뜨다'의 '본(本)'이라는 한자어에서 시인은 지구의 근본을 연상했다. 시인은 지금 지구의 형세가 근본에서 벗어나 정도를 잃고 방황하는, 혼란 상황에 빠져 있는 것으로 파악했다.

세계는 화약 냄새가 진동하고 비명과 절규가 흘러넘치는 난기류의 상황이다. 각자만의 정의를 외치며 살육을 정당화하고 힘 있는 자에게 기울어 깃발을 흔드는 약육강식의 사회다. 문명의 퇴화라고 기록될 만한 황폐한 지구의 모습에 "본(本)은 절규했다"라고 시인은 썼다. 시인의 마음이 투영된 구절이다. 전쟁의 참사를 기록한 전쟁 기념관은 한갓 관광지로 전락하여 과거의 참혹함을 웃음으로 방관하는 모순을 보인다. 시의 끝부분은 베트남 전쟁에 참여했던 시인이 하노이 전쟁 기념관에서 녹슨 무기를 부여잡고 우는 환상으로 처리했다. 〈죽음의 둔주곡〉에 나오는, "나는 베트남에 가서 인간의 신음 소리를 더 똑똑히 들었다"라는 육성을 인용하며, 언젠가는 근본에서 이탈한 지구를 되찾아 "한 번 더 믿음과 중심을 실천"할 것을 다짐하는 내용으로 끝맺었다. 김종철 시인의 원작에 담긴 의미를 살려 현재 상황에 대한 비판 정신을 성실하게 표현했다. 시인의 윤리적 지향에 대한 믿음을 확연히 파악할 수 있다.

김병호의 〈서울의 유서〉 역시 김종철 시인의 작품을 염두에 두고 현실에 대한 비판적 사유를 표현한 작품이다. 김종철 시인에 대한 그리움이 환상을 불러낸 듯 "꿈에 당신이 나왔습니다"로 시가 시작된다. 당신은 나에게 "바닥에 떨어진 날개"를 주워서 건넸다. 떨어진 날개는 화자의 현실적 낭패감을 암시한다. 김병호 시인은 자기 몸에 솟았던 날개를 현실에서 잃었고 당신은 꿈속에서 떨어진 날개를 주워 시인에게 준 것이다. 이것은 당신이 내게 건넨 격려와 위안의 메시지로 해석된다. 화자는 그 날개를 거푸집에 넣었다고 했다. 거푸집은 주물을 만들 때 재료를 붓는 물건의 모형을 뜻한다. 떨어진 날개를 다시 녹여서 다른 새로운 물건을 만든다는 상황 전환의 의미를 표현한 것이다. 요컨대 꿈속의 당신이 내게 그런 용기를 주고 전환의 계기를 만들어 주었다는 뜻이다.

화자는 자신의 "녹슬고 가난한 마음"을 가다듬어 새로운 지평으로 나아가려 한다. 그러나 현실의 상황은 그렇게 녹록하지 않고 호의적이지 않다. 병든 개들이 어슬렁거리고 거짓을 당당함이라 호도하며 '방관을 중립이라고' 합리화하는 위선의 상황이 전개된다. 화자는 김종철 시인의 화법을 빌려 "서울은 한통속입니다"라고 단언한다. 김종철 시인의 단호한 어구가 김병호 시인에게 큰 힘을 준 것이다. 화자는 불면의 밤을 보내며 꿈속에서 "당신이 버린 마음을 모아 구릉을 만들"기도 하고 "잠시 멈추었다 다시 울기도 합니다"라고 고백했다. 김종철 시인에 대한 추모의 정이 깊게 간직되어 있음을 알 수 있다. 망설이고 동요하는 시간 속, 거푸집에서 새로운 시작을 알리는 종소리가 들리는 듯하지만 "저는 아직 새가 되는 마음을 알지 못합니다"라고 끝맺었다. 현실의 암울함을 넘어 새로운 창조로 가는 비상의 날개가 아직 펼쳐지지 않은 것이다. '떨어진 날개'의 낭패감과 거기서 오는 배반감이 아직 시인의 마음을 누르고 있다. 함께 활동하며 힘을 나누었던 김종철 시인의 호탕한 기백이 못내 그리워지는 그런 심사를 조심스럽게 내성적으로 표현했다.

김태형의 〈겨울 변신기〉는 우울한 겨울의 내밀한 정황을 감성적으로 절묘하게 표현했다. 무대로 제시된 "집"은 세상과 절연된 유폐의 공간이다. 대문 옆 무성하던 장미 넝쿨이 창백한 겨울 하늘 아래 뼈대만 앙상하게 남았고, 과거의 추억이 깊은 음영으로 쌓이고 있다. 쓸쓸한 폐허의 공간이다. 길 주변에 있던 단층 가옥들은 사라지고 삼 층, 사 층까지 낯선 주택이 올라서지만, 마음의 황량함은 여전하다. 가끔 기와지붕에 흰 얼룩처럼 달이 떴다가 지고, 길의 흔적마저 지워졌어도 지붕 위의 창백한 얼룩은 좀체 사라지지 않는다. 과거의 기억이 얼룩진 밤하늘에 덕지덕지 붙어 있는 것 같다.

이 우울한 겨울의 몽상은 시인의 내면을 그대로 투영한다. 숨기고 싶은 기억조차 모두 찬바람에 뜯겨 나가고 녹이 슬어 눈마저 침침해지는 그 겨울 지붕 밑에 "가끔씩 한 남자가 어두운 밤인 듯 앉아 있다"고 했다. 어두운 밤인 듯 남아 있는 그 남자의 정체는 무엇인가. 그리고 그 남자는 어찌하여 '가끔씩' 나타나는 것인가. 유령처럼 출몰하는 이 남자 역시 화자 자신이 지닌 의식의 투영이다. 시인은 황량한 겨울의 풍경을 벗어나지 못하고 막힌 골목에 유폐되어 있다. 그리고 유폐된 공간에서 동결된 존재로서의 자폐 의식을 우울한 겨울의 몽상으로 드러냈다. 주위의 상황은 변해도, 그 안에 동결된 자아의 모습은 고정되어 있다.

조항록의 〈시각의 나사 속에서〉는 유사한 유폐 의식을 드러내는데 방법이 색다르다. "시계를 고치는 수리공"이라는 김종철의 시구를 옮겨 적으면서 새로운 화법을 개발했다. 또한 시계는 수리해도 시각은 고칠 수 없다는 발상으로 새로운 시상을 고안했다. "오늘도 나는 시간을 포식했어요"라는 첫 행이 암시적인데, 시간을 포식하는 인간은 없다. 시간은 섭취의 대상이 아니기 때문이다. 시인은 시간을 만들어 내는 원천이 슬픔이라고 보았다. 슬픔이 시간을 만들어 내기 때문에 시간이 이동하는 매 순간 슬픔이 째깍거린다고 보았다. 슬픔에서 탄생하는 시간은 소멸을 향해 달려가지 않고 "조금씩 나를 지워 낼 뿐"이라고 했다. 나는 슬픔을 축으로 하여 "환멸과 멸시 사이를" 오간다. 슬픔의 나사를 아무리 조작해도 운명을 고치는 수리공은 없다. 시간의 흐름은 "날마다 어제와 닮은 슬픔의 주석을 달아 놓"을 뿐이다. 그래서 시인은 독특한 잠언을 만들었다. 바로 "시간은 먹어도 먹어도 배부르지 않은 형벌"이라는 발언이다. "슬픔은 마르지 않는 샘물"처럼 솟아나면서 나의 삶을 지배한다. 시인은 샘물의 이미지를 확대하여 "내가 들여다보는 한 생애가, 여울처럼 맴돌아요"라고 했다. 조항록의 시는 시간의 틀에서 벗어나지 못하고 슬픔의 여울을 맴도는 인간 존재의 한계를 비정하게 노래한 작품이다.

이러한 작품들은 모두 삶의 부정적 측면에 초점을 맞추고, 김종철 시인의 세계처럼 현실의 부정적 상황과 자아의 유폐적 정황을 집중적으로 표현했다. 그래서 이 시편들은 대부분 암중모색의 경향을 보인다. 앞이 보이지 않는 가운데 길을 찾으려고 안간힘 쓰는 노력과 분투의 소산들이다. 그들의 힘겨운 시도는 김종철 시인의 영역을 넘어서서 그들만의 독자적 시야를 충분히 열어 놓았다. 안전(眼前)에 신천지가 전개되는 시선의 열림을 체험하게 되는 것이다.

3. 삶의 성찰과 모색

시인은 부정적 삶을 기반으로 삼아도 새로운 성찰과 모색의 단계를 엿볼 수 있다. 인식의 새로움이나 사유의 독특함을 통해 더 먼 곳을 보는 능력을 지니고 있기 때문이다. 박소란의 〈여름 데상〉은 계절인 여름을 사물화하여 독특한 발상으로 시상을 전개했다. 이 시는 여름을 대상으로 일어날 수 있는 상식의 모형을 초월하여 사유의 세계를 자유롭게 펼쳤다. 첫 행부터 "여름을 깨뜨리지 않았다/한 덩이 여름을 입안에 두고 천천히 녹여 먹었다"로 시작했는데 여기서 여름은 마치 단단한 막대사탕 같은 식품으로 전이되었다. 새로운 발상이다. 시인은 여름이라는 대상은 "너무 달고 너무 시고/너무 뜨"겁다고 했고, "문구점 뒤편에서 파는 불량 식품" 같다고 부정적으로 언급했다.

여름이라는 막대사탕에 대한 기억은 엄마에 대한 기억으로 전이된다. 화자의 의식에 떠오른 것은 엄마의 부재다. 엄마는 보이지 않고, 엄마가 쓰던 화장대가 빠져나간 안방이 보이고, 물기 없는 부엌과 욕실이 떠오른다. 아무리 일부러 훌훌 소리 내어 먹어도 아무도 혼을 내는 사람이 없다. 엄마가 사라진 공간과 불량 식품을 마음대로 먹는 기억이 혼재되어 시인의 의식을 누른다.

빨아먹고 남은 진득한 막대를 마당 구석에 묻어 두고 젖은 흙을 둥글게 쌓아 올린 이유는, 자신의 행위가 들통나 엄마의 간섭을 받았으면 하는 생각 때문이었는데, 엄마의 부재로 인해 그런 일은 일어나지 않는다. 엄마의 간섭에서 벗어난 순간 아이는 무서운 고독에 방치된다.

아이는 고독 속에 알 수 없는 그림을 그리며 상복을 입은 개미들과 놀 뿐이다. 개미들 몇몇은 울고 몇몇은 아이를 달래 주었다고 했다. 아무 의미 없는 개미에 자기 마음을 투영한 것이다. 엄마가 부르는 소리도 없고 간섭하는 사람도 없는 외로움 속에서 아이는 혼자 여름을 깨뜨리지 않고 천천히 녹여 먹었다. 결국 "한 폭의 꿈이 구겨진 눈꺼풀 위로 짙게 내려앉을 때까지" 남아 있다가 잠이 들었다. 어느 여름날 갑자기 몰려온 엄마의 부재 상황을 소환하여 독특한 상상력으로 재구성한 이채로운 시다. 더불어 가슴 아픈 애절한 사연을 이미지로 객관화하면서 고차원의 언어 절제로 정동의 파국을 다스린 놀라운 작품이다.

문성해의 〈헛된 꿈〉은 '약목역'이라는 부제를 달고 있다. 약목역은 경상북도 칠곡군 약목면 복성리에 위치한 경부선 철도역이다. 한때는 교통의 요지였으나 현재는 무궁화호만 하루 12회 정차하는 작은 역이다. 시인은 이 한가한 역을 배경으로 무어라 형언하기 어려운 고립의 정서를 펼쳐 냈다. "내가 태어나 한 번도 정차하지 못한 역"이라는 말은 시인의 운명과 역의 상황을 복합적으로 결합한 압축적 표현이다. 태어나 한 번도 정차하지 못할 것 같은 역 주변의 상황은 고갈과 침체의 형상이다. 시인은 "골다공증의 가로등이 꼬부라져 가는 골목이 있고/그 끝엔 평생을 지나쳐 가는 기차를 기다리는/늙은 사내가 있고/늘어 가는 약봉지가 있"다고 했다. 병들어 늙어가는 그 사내 역시 한 번도 기차를 타지 못할 것이다.

이 소멸과 누락의 지점에서 시인은 '약목'이라는 역 이름을 생각한다. 약목은 한자로 '若木'이라고 쓰는데 이 지명의 뜻은 알 수 없다. 시인은 "약목은 지키지 못한 약속이 떠오르는 곳"이라고 상상했다. 지키지 못한 약속이라는 말과 태어나 한 번도 정차하지 못한 역이라는 말이 묘하게 겹치며 울림을 자아낸다. 역 주변에는 "작파한 약속처럼 검게 떨어지는 작약꽃과/한 사내의 전담 약사"가 있다고 했다. "검게 떨어지는 작약꽃"은 충분히 볼 수 있는 대상인데 "한 사내의 전담 약사"란 무슨 뜻일까? 약을 사러 오는 사람이 드물어서 약에 의지해 사는 늙은 사내의 전담 약사 역할을 한다는 뜻일까?

그곳은 "놓아기르는 개와/놓아기르지 않는 맨드라미가 동격인 곳"이라고 했다. 개는 방치된 동물이고 맨드라미는 사람이 관리해 기르는 식물인데 그 둘이 아무 차이도 보이지 않는다는 뜻이다. 그리고 너무나 적막하여 "내 신발의 흙 한 톨도 떨어뜨리지 못한 곳"이고, "내가 한 번도 표를 끊지 않은 이유 같은 것을 생각하게 되는 곳"이며, "딱히 가야 할 이유도 가지 않을 이유도 없는 곳"이라고 했다. 시인은 무시해도 좋을 이 적막한 공간에 왜 관심을 두게 된 것일까? 바로 무의미와 무소속으로 뭉친 그곳이 자신에게 어울리는 공간이라고 생각했기 때문이다. "약목은 내가 지키지 못한 약속들이 한통속으로 고여 있는 곳"이라고 했다. 인간의 실존적 고독을 절실하게 느끼게 해 주는 곳이니 "기차 안에서 졸린 눈 비비고 누구나 한 번은 돌아보게 되는 곳"이 틀림없다. 그렇다 하더라도 약목역이 우리에게 주는 현실적 이득은 전혀 없다. 그래서 시인은 이 모든 관찰과 사색이 "헛되고 헛되도다"라고 탄식했다. 그러나, 그래서, 약목역은 헛된 꿈을 꾸기 좋은 장소다. 헛된 꿈의 상상으로는 제격인 장소다.

안은숙의 〈나의 감기〉는 자신에게 밀려온 감기를 매개로 고통의 엄습과 진화 과정을 표현했다. 시인은 "당신이 숨을 내려놓은 날/칼바람이 불었습니다/내 심장은 찔리고/몸엔 몸살꽃이 돋아났습니다"라고 극렬한 고통의 과정을 표현했다. 그 후 고통의 열기가 사라지게 되자 밖에는 소란스러운 듯 부산한 봄날이 찾아와 "봄볕에 산수유가 재채기하듯/노랗게 튀겨지고 있었습니다"라고 노란 산수유꽃의 개화를 소개했다. 자신이 겪은 몸살 앓는 고통이 재채기로 전환되면서 노란 산수유꽃의 밝은 이미지로 전환된 것이다. 이제 시인은 산수유꽃의 노란 기운으로 인해 기력을 회복할 수 있다.

시인은 하늘에 비치는 태양의 온도를 '성화(聖火)'에 비유했다. 성스러운 불의 기운이 세상을 비추어 천지에 노란 생명의 기운이 퍼지기를 바라는 것이다. 밝은 계절이 지속되어 성화의 기운이 꺼지지 않으면, 가을에는 "나무마다 빨간 열매가 주렁주렁/목에 메달처럼 걸릴 것입니다"라고 상상했다. 메달은 우승해서 상으로 받는 물건이기에 그것은 고통을 견딘 노고의 결실일 것이다. 칼바람이 몸살꽃으로 바뀌고, 봄날 봄볕의 소란스러운 노란 발화로 전환되고, 다시 태양의 성화를 받아 빨간 열매의 메달이 달리는 장면의 전환은 이채롭다. 시인은 사유와 시선의 변화를 상상력을 통해 조직적으로 운영하여 탄력 있는 시의 구조를 이루었다.

정선의 〈타종〉은 단순한 제목의 시이지만 그 안에 펼쳐지는 시상의 바다는 넓고 깊다. 무엇보다 사유와 상상력이 다채롭고 역동적이다. "그해 시월은 재갈을 풀었다"라는 첫 행부터가 심상치 않다. 재갈을 풀었다는 것은 무슨 뜻일까? 재갈은 소리를 내지 못하도록 사람의 입에 물리는 물건을 뜻하거나 말 같은 동물을 다루기 위해 입에 물리는 도구를 뜻한다. 재갈을 풀었다면 시월의 속성이 마음대로, 자유롭게 외부로 발산되었을 것이다.

하지만 다음에 제시된 상황을 이해하기란 쉽지 않다. 유리병이 퉁퉁 불어 일그러져 있으니 좋은 상황은 아니다. 세 시간마다 우유를 먹는다는 점은 유아의 배식 시간을 암시한다. "팔삭둥이 배를 북처럼 치는 불경한 손"이라는 시행은 상황의 불길함을 고조한다. 중심을 잡지 못해 "모서리가 두려웠고", "숨은여의 날들이 반복되었다"고 했으니, 앞길이 순탄치 않은 불리한 상황이다. 재갈이 풀린 시월은 여러 가지 불길한 상황을 펼쳐 낸 것이다. 슬픔을 버릴 곳이 없어서 해거름 들녘으로 달려가 만종의 부부처럼 고개를 숙였다고 했으니 그해 시월이 아이의 희생과 관련된 것이 아닌가 하는 불길한 느낌이 든다.

환도뼈는 골반과 무릎 사이에 뻗어 있는 넓적하고 큰 뼈를 말한다. 우리 몸에서 가장 길고 큰 뼈에서 노을빛 종소리가 자꾸 미끄러진다고 했으니 몸의 기운이 빠진 상태다. "고통의 시취"도 불길한 말이다. 시체 썩는 냄새가 가득 찬 날에 어떻게 토끼가 되어 '명랑명랑' 뛰어다니는 일이 가능하겠는가. 시인은 전혀 일어날 수 없는 극단적 상황을 배치하여 상황의 비극성을 극대화했다. 사실은 앙가슴이 시린 슬픔, 수천 년 돌무덤을 부둥켜안은 절망감, 살이 쓱쓱 베어지는 고통을 느끼며 하루하루를 버틴 것이다. 또한 위로인 듯 조언인 듯 "가시 세운 물음이 가슴을 치며 종소리로 쏟아졌다"라고 했다. 그 물음은 "무언가 얻으려면 반드시 잃어야 하는가"이다. 무엇을 얻기 위해 무엇을 잃으라고 하면 모든 사람이 그것을 수락하지 않을 것이다. 오지 않을 무엇을 얻기 위해 어떻게 지금 소중한 대상을 잃겠는가. 그러니 그 물음은 "가시 세운 물음"이다.

고통의 절규는 사라지고 침묵이 고통을 압도한다. 재갈에서 풀려난 깊은 병이 세상을 떠돌고 봄날을 기다리며 옹그리고 잠들었다. 그래도 아침은 오고 커튼을 비집고 들어오는 새소리에 힘을 얻어, 시인은 "절규를 베틀 삼아/새소리로 그해 시월을 곱게 자았다"고 했다. 참으로 아름답고 감동적인 시행이다. 또한 극한의 고통으로 우리 몸에서 가장 길고 큰 환도뼈가 천 갈래, 만 갈래로 부서졌지만 거기 쟁여진 바람의 말들이 위로하듯 벌거숭이 상태로 나를 내려다보았다. 아픔과 통증의 종소리는 극단의 국면을 지나니 그래도 풀리는 대목이 있고, 시간의 흐름 속에 사람이 오고 또 가면서 계절이 바뀐다. 결국 사람이 남고 그

자리에 슬픔이 남는다. 고통의 종소리와 사람의 오감 속에 "쌓일수록 가슴 아픈 풍경"은 남는다. 무한한 시간의 흐름 속에서 고통의 시간도 흘러가고, 새로운 사람이 오고 계절이 바뀌지만 그래도 남은 슬픔은 종소리의 여운처럼 남아 "쌓일수록 가슴 아픈 풍경"이 된다. 이처럼 정선의 시는 개인의 극한적 고통을 바탕으로 인간 고통의 보편적 차원을 노래했다. 개인의 체험이 보편의 차원으로 확대되는 서정적 진폭을 보인 것이다.

여기까지 살펴본 작품들은 김종철 시인의 작품과 직접적인 관련성은 거의 없지만 제목을 수용했다는 점에서 착상의 기본 틀은 유지한 셈이다. 삶의 부정적 측면에 초점을 맞추고 부정적 상황 속에 담긴 인식의 새로움이나 삶에 대한 성찰을 표현한 작품을 주로 검토했다. 시인의 의식과 상상력은 개별적 특수성과 함께 일반적 보편성을 지닌다. 시대와 상황의 변화는 개별적 특수성의 측면이요, 정서와 상상의 작동 양상은 일반적 보편성의 국면이다. 시인은 각자 현재의 국면에서, 자신의 시각으로 현실을 보고 최선을 다해 그것을 언어로 표현한다. 선대 시인 역시 그러한 자세로 시를 썼다. 시인의 영향이 있다면 바로 이것이다. 최선을 다해 대상을 바라보고 최선을 다해 언어로 표현한 그 태도와 정신이 후대에 영향을 끼친다.

김종철 시인은 첫 시집 서문에서 자신이 던진 저주의 질문들을 너무나 사랑한다고 고백했다. 그리고 세상의 손을 놓을 때까지 그 질문을 계속하겠다고 다짐했다. 그는 그 약속을 굳건히 지켰다. 그 고백과 다짐에 담긴 최선의 자세가 후배 시인들에게 영향을 준다. 그 외에 후대 시인에게 남길 것은 없다. "나 죽은 뒤 나로 살아갈"《못의 사회학》서문) 시만 남기고 시인의 삶은 망각의 세계에 잠긴다. 외롭고 쓸쓸한 일이지만 사람의 길이 그러하다. 김종철 시인이 떠난 지 10년이 흘렀다. 그래도 그가 세운 시의 못질 소리 크게 울리니 이 세상에 더 이상 미련은 없으리라.

《모여서 다시 쓰는, 서울의 유서》
참여 시인(수록순)

이병일

2007년 《문학수첩》 등단. 시집으로 《옆구리의 발견》, 《아흔아홉개의 빛을 가진》, 《나무는 나무를》 등이 있다. 현재 명지전문대 문예창작과 조교수.

하린

2008년 《시인세계》 등단. 시집으로 《야구공을 던지는 몇 가지 방식》, 《서민생존헌장》, 《1초 동안의 긴 고백》이 있고, 평론집으로 《담화 구조적 측면에서의 친일시 연구》가 있으며, 이외에 다수 저서가 있다. 송수권시문학상 우수상, 〈한국시인협회〉 젊은시인상, 한국해양문학상 대상 등을 수상했다. 현재 단국대학교 문예창작과 초빙교수, 《열린시학》 부주간.

황수아

2008년 《문학수첩》 등단. 시집으로 《뢴트겐행 열차》가 있다.

진란

2002년 《주변인과 詩》로 작품 활동을 시작했다. 시집으로 《혼자 노는 숲》, 《슬픈 거짓말을 만난 적이 있다》 등이 있다. 제16회 《미네르바》 문학상을 수상했다. 현재 《문학과 사람》 편집위원.

석미화

2010년 《매일신문》 신춘문예 등단. 2014년 《시인수첩》 신인상 당선. 시집으로 《당신은 망을 보고 나는 청수박을 먹는다》가 있다. 아르코문학창작기금 수혜.

오성인

2013년 《시인수첩》 등단. 시집으로 《푸른 눈의 목격자》, 《이 차는 어디로 갑니까》가 있다.

조미희

2015년 《시인수첩》 등단. 시집으로 《자칭 씨의 오지 입문기》, 《달이 파먹다 남긴 밤은 캄캄하다》가 있다.

이병철

서울 출생. 2014년 《시인수첩》에 시가, 《작가세계》에 평론이 당선됐다. 시집으로 《오늘의 냄새》, 《사랑이라는 신을 계속 믿을 수 있게》가 있고, 평론집으로 《원룸 속의 시인들》, 《빛보다 빛나는 어둠을 밀며》가 있으며 그 외 다수의 산문집이 있다.

배수연

2013년 《시인수첩》 등단. 시집으로 《조이와의 키스》, 《가장 나다운 거짓말》, 《쥐와 굴》이 있다. 현재 서울 마곡중학교 미술교사.

김병호

2003년 《문화일보》 신춘문예 등단. 시집으로 《달 안을 걷다》, 《밤새 이상을 읽다》, 《백핸드 발리》가 있다. 현재 협성대학교 문예창작학과 교수.

김윤이

2007년 《조선일보》 신춘문예 등단. 시집으로 《흑발 소녀의 누드 속에는》, 《독한 연애》, 《다시없을 말》, 평론집으로 《메타버스 시대의 문학》이 있다.

연정모

2023년 《반연간 문학수첩》 등단.

김태우

2015년 《시인수첩》 등단. 시집으로 《동명이인》이 있다.

김미소

2019년 《시인수첩》 등단. 시집으로 《가장 희미해진 사람》이 있다.

박소란

2009년 《문학수첩》 등단. 시집으로 《심장에 가까운 말》, 《한 사람의 닫힌 문》, 《있다》가 있다.

김륭

2007년 《문화일보》 신춘문예에 시가, 《강원일보》 신춘문예에 동시가 당선됐다. 시집으로 《살구나무에 살구비누 열리고》, 《나의 머랭 선생님》 등이 있다. 제2회 《문학동네》 동시문학상 대상, 제9회 지리산문학상, 제5회 동주문학상 등을 수상했다.

고재종

전남 담양 출생. 1984년 《실천문학》 등단. 시집으로 《꽃의 권력》, 《고요를 시청하다》, 《독각》 등이 있고, 육필시선집 《방죽가에서 느릿느릿》이 있다. 시론집으로 《주옥시편》, 《시간의 말》, 《시를 읊자 미소 짓다》가 있고, 산문집으로 《쌀밥의 힘》, 《사람의 길은 하늘에 닿는다》, 《감탄과 연민》이 있다. 신동엽문학상, 소월시문학상, 영랑시문학상 등을 수상했다.

임동확

광주 출생. 1987년 시집 《매장시편》을 펴내면서 작품 활동을 시작했다. 시집으로 《운주사 가는 길》, 《벽을 문으로》, 《누군가 나를 간절히 부를 때》 등이 있다.

신혜경

2003년 《문학수첩》으로 등단. 시집으로 《해파랑, 길 위의 바다》가 있고, 장편 동화로 《태극기 목판》 등이 있다. 수주문학상, 울산문학 올해의 작품상, 눈높이아동문학대전 단편동화 부문을 수상했다. 〈울산문인협회〉 회원.

조은영

2020년 《시인수첩》 등단. 현재 고려대 출강.

문성해

2003년 《경향신문》 신춘문예 등단. 시집으로 《밥이나 한번 먹자고 할 때》, 《내가 모르는 한 사람》 등이 있다. 시산맥 작품상, 김달진문학상부문 젊은시인상을 수상했다.

유종인

1996년 《문예중앙》 등단. 2011년 《조선일보》 신춘문예 미술평론 당선. 시집으로 《숲 선생》 등이 있고, 시조집으로 《용오름》 등이 있으며, 산문집으로 《조선의 그림과 마음의 앙상블》 등이 있다.

유은고

2020년 《시인수첩》 등단.

고은진주

2016년 《5.18문학상》 등단. 2018년 《농민신문》 신춘문예, 《시인수첩》 당선. 시집으로 《아슬하게 맹목적인 나날》이 있다.

고운기

전남 보성 출생. 1983년 《동아일보》 신춘문예로 등단. 시집으로 《밀물 드는 가을 저녁 무렵》, 《고비에서》 등이 있다. 〈시힘〉 동인. 현재 한양대학교 문화콘텐츠학과 교수.

방수진

2007년 《중앙신인문학상》 등단. 시집으로 《한때 구름이었다》가 있다. 현재 콘텐츠 크리에이터로 활동 중.

김태형

1992년 《현대시세계》 등단. 시집으로 《히말라야시다는 저의 괴로움과 마주한다》, 《코끼리 주파수》, 《네 눈물은 신의 발등 위에 떨어질 거야》 등이 있고, 산문집으로 《하루 맑음》, 《초능력 소년》, 《엣세이 최승희》 등이 있다. 제4회 《시와사상》 문학상을 수상했다.

리호

2014년 《실천문학》 등단. 시집으로 《기타와 바게트》, 디카시집 《도나 노비스 파쳄》이 있다. 제3회 오장환신인문학상, 제3회 이해조문학상, 제4회 디카시작품상을 수상했다.

윤보성

2017년 《시인수첩》 등단. 시집으로 《망현실주의 선언》이 있다.

허주영

2019년 《시인수첩》 등단. 시집으로 《다들 모였다고 하지만 내가 없잖아》가 있다.

안은숙

2015년 《실천문학》 등단. 시집으로 《지나간 월요일쯤의 날씨입니다》, 《정오에게 레이스 달아주기》 등이 있다. 제7회 동주문학상을 수상했다.

조항록

1992년 《문학정신》 등단. 시집으로 《여기 아닌 곳》, 《눈 한번 감았다 뜰까》, 《나는 참 어려운 나》 등이 있고, 산문집으로 《아무것도 아닌 아무것들》 등이 있다.

김춘리

2011년 《국제신문》 신춘문예 등단. 시집으로 《평면과 큐브》, 《모자 속의 말》, 《바람의 겹에 본적을 둔다》가 있다.

안숭범

2005년 《문학수첩》 등단. 시집으로 《티티카카의 석양》, 《무한으로 가는 순간들》, 《소문과 빌런의 밤》 등이 있다. 경희대학교 국어국문학과 교수. 영화평론가.

고성만

전북 부안 출생. 1998년 《동서문학》 등단. 시집으로 《마네킹과 퀵서비스맨》, 《잠시 앉아도 되겠습니까》, 《케이블카 타고 달이 지나간다》 등이 있고, 시조집으로 《파란, 만장》이 있다.

윤진화

2005년 《세계일보》 신춘문예 등단. 시집으로 《우리의 야생소녀》, 《모두의 산책》이 있다.

정선

2006년 《작가세계》 등단. 시집으로 《안부를 묻는 밤이 있었다》와 포토시집 《마추픽추에서 띄우는 엽서》가 있다.

최은묵

2007년 《월간문학》 등단. 2015 《서울신문》 신춘문예 당선. 시집으로 《괜찮아》, 《키워드》, 《내일은 덜컥 일요일》이 있다. 수주문학상, 천강문학상, 제주4·3평화문학상을 수상했다.

조성국

광주 염주마을 출생. 1990년 《창작과 비평》 등단. 시집으로 《나만 멀쩡해서 미안해》, 《귀 기울여 들어 줘서 고맙다》, 《해낙낙》 등이 있고, 동시집으로 《구멍 집》이 있으며, 평전으로 《돌아오지 않는 열사, 청년 이철규》 등이 있다.

휘민

2001년 《경향신문》 신춘문예 등단. 시집으로 《온전히 나일 수도 당신일 수도》, 《생일 꽃바구니》 등이 있고, 동시집으로 《기린을 만났어》 등이 있다. 현재 동국대 미당연구소 전임연구원.

모여서 다시 쓰는, 서울의 유서

초판 1쇄 인쇄 2024년 6월 10일
초판 1쇄 발행 2024년 6월 27일

엮은이 | 김종철시인기념사업회
발행인 | 강봉자, 김은경

펴낸곳 | (주)문학수첩
주소 | 경기도 파주시 회동길 503-1(문발동 633-4) 출판문화단지
전화 | 031-955-9088(마케팅부), 9532(편집부)
팩스 | 031-955-9066
등록 | 1991년 11월 27일 제16-482호

홈페이지 | www.moonhak.co.kr
블로그 | blog.naver.com/moonhak91
이메일 | moonhak@moonhak.co.kr

ISBN 979-11-93790-15-1 03810